JN000575

CONTENTS

愛、執着、人が死ぬ

「ゴミかよ」

ハエを叩き殺したあとで夏夜はそう言った。夏夜は外にいるハエを殺す。手のひらにべっとり残る黒い痕跡を目の前に見せつけてくる。蚊を叩き潰す人間を見たことはあっても、ハエを叩き潰す人間を、僕は見たことがない。僕の人生において、極めて稀で、最も危険な人物がこの人だ。

「アタローさんの身に降りかかる不安の種も不快の元も、全部私が取り除いてあげますからね。私が全部消してあげますからね」

ハエが何をしたというのだろう。目の前を横切って、頭上で8の字を描き、耳元を掠《かす》めて、また視界に入る。だが実害だと思えるほどの不快感を僕は抱いていなかった。僕が不快に思うだろう存在から守ろうとする夏夜の姿は確かに献身的だ。この時代に男だ女だと二元論で捉えてしまうのは甚だ以て恐縮ではあるが、僕を差し置いて道路側を歩こうとする。相合傘のハンドルは自分で握って、半身を濡らしながら雨から僕を守ろうとする。

朝ご飯の味噌汁の具材は週の七日間、すべて違うものが入っている。豆腐と厚揚げをベースに、玉ねぎ・シジミ・海苔・あさり・茄子・筍・わかめが代わる代わる主役を務める。

「美味しい？」

と聞いてこないところにも感謝している。そう尋ねられたときの返し方は
「美味しい」

しか知らないからだ。尋ねられなければ
「今日の玉ねぎクタクタで好きだな」

「赤だしとシジミってなんでこんなに相性いいんだろうね」

とか、言葉を繰ることができる。

機嫌がいいときには僕から言葉を取り上げないでいてくれる。優しく、献身的な僕の恋人。

いつもと何も変わらない青空が広がっていたあの日、夏夜から置き手紙をふたつ受け取った。

「さようなら」と裏面に殴り書きされたタクシーの領収書と

「遺書」と書かれた封筒を。

アタロー

その日は女の子の家で目を覚ました。名前は覚えていない。確か◯◯子だったとは思うが、その◯◯に入る数多《あまた》の候補の中から正解を見つけ出そうとする気力が湧くような相手ではなかったことは覚えている。ゆう子だったか、みき子だったか、考えているうちに◯◯子は家を出る支度をしていて
「私、朝はパン派なんだけど、アタローくんの分も焼く?」

と上品に尋ねる。首を縦に振ると、◯◯子は頷《うなず》き、遠くから僕の頭を撫でる仕草をした。

焼けたパンは、焼けたパンの匂いがした。焼けたパンの匂いを久しく感じていなかったので、焼けたパンの匂いだ、と感じるしかなかった。薄くバターが塗られたパンの表面は黄金色の湖のようで、輝いて見えた。

普段見ることのない朝の情報番組が流れている。僕は自宅にテレビを置いていない。なんとも殺風景な自分の部屋と、部屋に温かさを齎《もたら》す木目美しい家具が並べられたこの部屋とでは、監獄と森の奥に聳《そび》える宮殿くらいの差があるように感じられた。こんなに温かみのある部屋には花でも飾ればいい。しかし、気位の高そうなお嬢さんに、こんな僕が花を置けだなんて言えるわけもない。

お天気お姉さんが
「猛暑日ですので体調管理にお気をつけて、水分補給を忘れずに」

と言っているのを耳にし、〝モーショビ〟が頭の中でうまく変換されず靄《もや》がかかる。

お天気ニュースを終えると、キャスターが神妙な面持ちに切り替わる。

『次です。先日の歌舞伎町ラブホテル絞殺事件で、新たな証言が……』

ＢＧＭと共に、一気に画面の中の空気が締まる。テレビの中の人は俳優じゃなくとも、演技をするのが仕事なのだろう。

昨晩脱ぎ散らしたパンツと靴下をはき、玄関を出る。

扉を開けた瞬間から首元に太陽熱がジンジンと当たり、ようやく頭の中で〝猛暑日〟という漢字が完成した。脳の神経同士が手を繋いだ瞬間にスパークが起こり、交感神経が刺激される。小さくガッツポーズをしていると、隣を歩いていた○○子が顔を覗き込んでくる。

「なんかいいことあった？」

「猛暑日だなーと思って」

「夏好きなの？」

「夏……考えたこともなかったけど、夏の夜は好きな気がする。虫たちが鳴いててやかましいのが命を感じる」

「気がする？　アタローくんってこだわりないよね。なんでもいい、どこでもいい、私のどこが好きかって尋ねたら全部好きって言う」

「言ったっけ？」

「ほら！　そういうところも。こだわりなさすぎて全部忘れてる。全部好きは何も好きじゃないと一緒」

「昨日の君は素敵だったけどね」

「そういうの言わなくていいの！　……好きすぎて、この人の帰りを待っていたいって思うこととかある？」

「ないでしょ。そういうのなんて言うんだっけ……〝重い〟ってやつか」

「そっかー。私がアタローくんのおうちの前で待ってるかもよ？『おかえりー、遅かったねー！』って」

「そういうのされた時点で冷めるし、なんだったら通報する」

「だよね……」
○○子が暗い顔をしているのだけは察することができたので、彼女のぶらりと空いている右手を、僕の左手で握ってバス停までの道を行くことにした。

「もう」

と小さく呟き、僕の目に可愛く映るように頰を膨らませてみせる。僕もあわせて頰を膨らませて〇〇子の目に映し返す。

〇〇子の不満の糸が解《ほど》けた瞬間を確認したのも束の間、バスがもう停留所に到着しそうになっている。繫いだ手をぐいと引っ張りバス停へとひた走る。大人の猛ダッシュほど情けないものはない。必死に終電に駆け込んでいるおじさんサラリーマンを冷ややかな目で眺めていた昨日の自分を後悔した。幸い運転手が僕たちのことを十数秒待ってくれていた。

「アタローくん、また会える?」

はあはあと息を弾ませながらバスのステップを踏んで〇〇子は尋ねる。

「うん！　君の気が向いたときに」

柔らかい笑顔を残したまま、バスは〇〇子を運ぶ。直線的に降り注ぐ日差しが、生きとし生けるものすべてを照らすスポットライトのように見えて心底うんざりしたので、できる限り俯《うつむ》きつつ事務所に向かった。


市街地から少し離れたところにひっそりと佇《たたず》む、雑居ビルの四階に事務所はある。エレベーターはついていない。疲れているときには決まって三階の踊り場にて舌打ちをする。陰鬱《いんうつ》な階段には猫なのか狸なのかわからない落書きがされており、誰かが管理会社に『落書きを綺麗にしてほしい』と要請することもないのでずっとほったらかしになっている。

社長のことは〝おっちゃん〟と呼んでいる。

「おっちゃんのことはおっちゃんと呼んでくれ。社長だとか河合さんだとか呼ばれたくないんだよな。俺、婿養子だからさ、河合さんって呼ばれると肩身狭くなっちゃうんだよ。嫁さんの実家に住まわせてもらって娘ふたりに煙たがられて……家の中でもそうなのに仕事場でまで肩身狭いの嫌なんだよ……」

と入社したときに言ってもらったので、社長の尊厳を守るためにもおっちゃん呼びしている。とてもおおらかで気前のいい人だ。小遣い制の割に、よく昼ご飯をご馳走してくれる。水曜日と金曜日は晩ご飯担当らしく、昼間からずっと献立に悩んでいる。夕方五時前には事務所を颯爽と飛び出す。水曜日と金曜日のそれからの時間は、いつも僕一人でのんべんだらりと定時まで気を抜いてやり過ごす。

おっちゃんは完全にノリで採用している。その証拠に、この仕事場には三人の〝オダさん〟が存在する。織田さんと、小田さんと、尾田さん。

「〝オダさん〟この書類おねがーい」

と頼むと、三人の〝オダさん〟のうち誰かが席を立ち、動く。

僕がここに入社してすぐのこと。小田さんに、

「どの〝オダさん〟ですか？　っておっちゃんに尋ねないんですか？」

と聞くと、

「最初のうちは聞いてたけど、気づいたんだよなあ。おっちゃんにこだわりはない。織田も尾田も俺も、どれも同じ人間に見えてんだろうなあ。まあこんな俺を拾ってくれたんだから感謝してんのよ。それだけでええんだわ」

と笑っていた。

そうだった。拾ってもらっただけで心から感謝しなくてはいけないのだった。無論、僕も同じだ。勉強してわざわざ入った大学をあっさりと中退し、貯金を切り崩して生きていた。工事現場で働くことも考えたが、あまりにも体格が心許ない。先輩からの心無い言葉ですぐ飛んでしまいそうな自分が想像できて挑戦すらしなかった。なんとも負け慣れした人生だ。

この人生で一位を取ったことがない。賞状もトロフィーも貰《もら》ったことがない。負けっぱなしの人生なので、

勝ちにこだわりが一切ない。勝利の座を譲ってその人が大喜びしてくれるのであればこちらだってそれが喜びだ。

いつからか勝負を避けるようになってきた。高校の頃は一応陸上部に所属はしていたものの、自分が一位を取ることで誰かが喜ぶのか、いや寧《むし》ろ誰かが悲しい思いをするのではないだろうか、と思いゴール手前で失速する癖がついた。陸上部に入って得たものは、今でも薄《うっす》らと割れている腹筋くらいだ。

負け慣れしている自分を遠くから眺め、慰めの言葉も浮かばないときに電柱の貼り紙で見つけた廃品回収業の運転手の募集。それがこの会社との出会いだった。今時電柱に貼り紙をする求人があるのかと半信半疑で面接に向かうと、そこには折り畳んだ新聞紙で汗を拭うおっちゃんが待っていた。

「君の名前いいね！　五味あつろうくん！」

「すみません、よく間違えられるというか、一発で読める人は誰もいないんですけど、アタローと読みます」

「アタローくんね、はいはい。違うよ、下の名前なんてどうでもいいの。苗字だよ苗字。『廃品回収でやってきました、ごみです』ってお客様に言うんでしょ。面白いよこれ、傑作だ。はい五味くん採用！」

面接らしい問答はなく、苗字の面白さだけで採用してもらえた。五味家に生まれて良かったと思うことなど生まれてこの方一度もなかった僕にとって、家名に誇りを持てた記念すべき瞬間だった。

仕事内容は至ってシンプルだ。決まった曜日、決まった時間に、軽トラックに乗って時速五キロの速度でルート営業をするだけ。目標件数など設定されていないし工夫もいらない。決められたことを決められた通りに行うだけでいい。たまにアパートの窓から
「うるせえんだよ音消せ！　早く消えろ！」

と怒号が飛んでくることがあるが、実際に石を投げられたり、車に近づいてきて脅迫されるようなことはないので、意に介することなくスルーしている。数分経てば通り過ぎる車に、目くじら立てて最大限の怒号を飛ばしたくなる気持ちは僕も理解できる。よくここまで一度も法に触れずに生きてこられたなと、自分を褒めたくなる瞬間がある。満員電車の真ん中で絶叫してみたり、車道の真ん中で寝そべってみたり、映画館の上映中

にスクリーンの前で仁王立ちしてみたり、頭の中で何度もシミュレーションしたことがある。この抱えたストレスをぶちまけて、その後はどうなってしまっても構わないと思う瞬間がある。結果、行動に移していないだけで、僕とあの窓から怒号を飛ばした人との間にはわずか数ミリの壁しかないのだと思う。

狭い軽トラの運転席では夏は冷房を、冬には暖房をガンガンにつけていいので働く環境はとてもいい。やりがいだとか、成長だとかは、もうこの人生において考えることはやめた。考えることをやめた途端、心に巣食っていた劣等感だったり切迫感、寂寥《せきりょう》感がほろほろと解けていった。狭い車中で、僕は自由を手に入れたのだ。

ルート営業を終えると、おっちゃんは既に家路についていた。ホワイトボードのオダさんズのネームプレートの横にも〝直帰〟と書いてあり、事務所には僕だけ。

どの机が誰の席、と決められたわけではないが、扉に一番近い席によく座る。座って移動する度にカラカラと音を立てるオフィスチェアの座面は破れていて、中の綿が僕に「ヨッ」と挨拶をする。綿はいつも僕の股の間から隠れてこちらを見てくるようで、なぜだか腹が立つ。綿を手で毟《むし》ってポイ捨てしてみる。すぐに拾い上げてゴミ箱に捨てればいいのだが、ゴミ箱が遠い。近いのに遠い。気怠《けだる》くなって丸く揉み込み、小さくして口に入れて喉奥に押し込んでやることにした。僕のろくなものを食べていない胃の中で、混ぜこぜになって胃酸で溶かされてしまえと、灰色の部屋で一人、拳を突き上げ勝利宣言をした。

我に返り、なんとくだらないものと戦っていたのかと恥ずかしくなったところで、机の上に千円札が置かれていたのに気づく。悩む間もなく手に取り小さく畳んでポケットの奥深くに押し込む。誰のだろう。自分の人生を振り返っても、紙幣を丁寧に広げ、野口側を上にして置いたことはない。これは何か罠なのだろうかとオフィス内をきょろきょろと見回していると、おっちゃんから着信があった。

「ごみくんおつかれさま！　ごめんね今日も早く帰っちゃって。今日はね、鯖の味噌煮と豆苗のナムルとかぼちゃの味噌汁にしようと思って」

「おつかれさまです。いいっすね晩ご飯」
「ごみくん最近飯食っとらんだろ？　晩飯代置いといたけん、どっかで定食でも食って帰んな」
「机の上の千円、おっちゃんのですか！　ありがとうございます！　最初、罠かと思いました。監視カメラで僕見られてんのかと」
「監視カメラ電源入ってねぇからそれ。気ぃ利かせて電池入れようとしなくていいけんな。どうせまた切れんだから。盗みに入られても困るもん何もねぇしよ」
　おっちゃんは電話越しでも黄色い歯が奥まで見えそうなくらいに豪快に笑って、勝手に電話をぶちりと切った。おっちゃんの座る席に向かって深々と頭を下げた。こういう温かさを、なるべく思い出さないように生きてきたつもりだった。温かいと悲しくなる。思い出さなくてよかった温かさを思い出すと、悲しくなる。
　スマホを確認すると○○子から着信があった。表示名が〝k〟なのが悪い。名前を思い出せるわけがない。かな子だったのか、こと子だったのか、〝k〟だけでは正解に辿り着くことは難しい。連絡を取るアプリで名前の部分を、本名フルネームではなくアルファベット一文字だったり絵文字だけで登録している人間は全員、後ろめたさと共に生きている。有線のイヤホンを耳に捩《ね》じ込み、聴き馴染んだＪ－ＰＯＰに心を浸す。
　k『アタローくんお仕事おつかれさま！　今日はうち来ない？』19:26
　アタロー『今日は帰るー』20:45
　k『晩ご飯多めに作っちゃったー！　アタローくん食べてくれないかなと思って』20:47
　アタロー『また今度！』22:20
　k『ごめん、ちょっと色々あって、会いたくなっただけ』22:21
　アタロー『今から用事あるから。タイミング合えば！』22:40
　駅前に遅くまで開いている、タバコを咥《くわ》えながら鍋を振る大将が営んでいる中華料理屋がある。味もさることながら、なんといっても店内喫煙できるのが素晴らしい。近頃は完全禁煙、電子タバコであれば種類によってはセーフ、のような店が増えすぎた。嫌煙家と真っ向から対立して勝ち筋のある論を持ち合わせていないので世の風潮には黙って従う。何よりも争うのが面倒だ。生ビールとチャーハン半ラーメンセットで一〇〇〇円のところ、そこに大将は目配せをして餃子をサービスしてくれる。なんとも気前のいい男だ。
ビール一杯の割にだいぶ酔えた。コストパフォーマンスのいい自分の体質に静かに感謝する。スマホのゲームは頭を使わなくて済むから楽だ。勝手にキャラが動いてくれて、毎日ログインボーナスを受け取るだけで課金せずともある程度は遊べる。別にランキング上位になろうだなんて思っていない。ただ、僕が持つ、死ぬまでの有り余る暇な時間を消費してくれるありがたい存在なだけだ。結局昨日に引き続き、今日も〇〇子の家に行くことにする。
アタロー『何時まで起きてる?』0:03
k『何時までも！』0:03

ホーム内の電光掲示板は〝大船駅までの最終電車です〟とオレンジの文字を流している。

夜になると、夏の暑さは湿り気を持って肌に纏《まと》わりついてきて気分を沈める。蟬の鳴き声がやけに騒がしく聞こえる。ぼーっと深い夜の色を見上げていると、線路から伸びるこの世のものではない腕に吸い込まれそうになる。何も考えずに生きていると楽だが、その分、心が跳ねる瞬間もない。

よくない想像を膨らませていると、遮《さえぎ》るように最終電車が到着した。また僕はこの電車に連れられ、〇〇子の元へ届けられる。最終電車はいろいろな匂いが混じり合う。皆一様に疲れを抱えながらここに乗り合わせている。ドアのすぐ傍に立ち、イヤホンを耳に差し込む。


「きゃあああああ！」

扉を閉めるアナウンスを掻き消すほどの悲鳴をあげたあと、バタバタとホームへ飛び出していく人の影が視界を横切った。出てすぐにハンドバッグをぶんぶんと振る姿は、昔、心霊番組で目にした、悪霊に取り憑かれたアイドルの挙動に似ていた。やはりこの駅には〝良くない何か〟がいるのだろうか。周囲の人も心配そうに見つめているが誰一人として助けに動こうとはしない。それもそうだ、最終電車なのだから。

その子の視線は、射られた矢のように僕へと突き刺さった。

「……すけて」

声にならない声が、耳に届いてしまったが最後、僕は電車を駆け降り、近づく。ハンドバッグにはカマキリがしがみついていた。大きさにして八センチほどだろうか。

「カマキリ？」

コクコクと頷いている。両手でカマキリをバッグからゆっくりと引き剝がし、ブンと空に放り投げる。羽を広げてどこかへ飛び去っていくのを見守っていると、電車のドアがゆっくりと閉まり、長方形の光を引き連れて遠く流れ去っていった。

薄い肩は震えていて、僕に向けて両手を合わせて拝みながらその子は言う。

「ごめんなさい。カマキリなんかで、本当にごめんなさい。タクシー代、お支払いしますので……」

「カマキリは気持ち悪いですよ。僕もたまたま触《さわ》れるだけで。タクシー代はいいんで、自分の帰り道に使ってください。仕事場近くて、そこに戻って寝るんで大丈夫です」

解放された安堵からか、その子はわんわんと泣き崩れた。先程耳にした蟬の鳴き声よりも大きい泣き声だった。

「蟬も嫌い？」

涙と鼻水が一直線上に繫がった顔面を上げて僕に言う。

「蟬？　蟬はちょっと嫌いなくらいです。カマキリほどじゃないです」

「蟬見て『七日間しか生きられないから可哀想』って言う人いるじゃないですか。よっぽど人間の方が可哀想ですよ。年中ないてるじゃないですか。あいつら七日間しかなかなくていいんですよ」

「……ごめんなさい、私今ちょっと、頭が混乱していて、何を仰《おっしゃ》っているのかわからなくて」

「意味のないことを言ってるだけです。音を発してるだけです。話してると少しは楽になるかなと思って」

すべった気まずさを掻き消そうと話しかけてみたが、余計気まずい雰囲気を作り出してしまった。

闇夜に発光する金髪と、カナブンのような光沢を纏った深緑色のネイルを携えた強気な外見とは裏腹に、その子は弱々しく泣き続けている。前髪はパツンではなくバツンと強烈にまっすぐ切り揃えられている。

僕はホームにあぐらをかいて、今日はもう来ることのない下りの電車を待ってみた。線路の向こう側を覗いてみるが、もちろん列車が来る気配はない。「ひぐっ、ひぐっ」と呼吸するタイミングを拗《こじ》らせながら泣いている子の隣で、ただ置物のように座っていた。

すると突然ハンドバッグからメモ帳を取り出し、ペンと共にこちらに差し出してくる。引き続き涙と鼻水を垂らしている。これだけ涙を流しても一切崩れることのないアイラインはどれだけ強力なウォータープルーフなのだろう。この人生でアイラインを引く予定はないが、メーカーを聞いてみようかとさえ思った。

「今泣いてる理由はカマキリが怖かったのと、カマキリごときで人様に迷惑をかけている自分が情けなくてです。受け取っていただけないと気が済まないので、電話番号だけでも教えていただけませんか……のちほど送金しておくので」

これはもう僕のためではなく、この子の名誉のためなのだと気づいた。拒否をすると余計長引くと思い、自分に書ける一番丁寧な文字で電話番号と名前を書いて渡す。

「はい。熱郎って書いてアタローって読みます」

「ありがとうございます。後ほどお送りしますね。アツロウさん、じゃなくてアタローさん、ですよね」

なるべく綺麗な字で書いた紙を、破けるのではないかという強さでぎゅっと握る。

「アタローです。五味家の長男で、熱海旅行に行ったとき仕込んだ子供だからという理由でアタローになりました」

「由来まで丁寧にありがとうございます。いいじゃないですか熱海の子。私〝カヨ〟といいます。夏の夜に仕込んで生まれた子だから夏夜だそうです。ほぼアタローさんと同じ理由です」

「変な親を持つと大変ですね」

「お母さんは精神科医をしてます。多分、社会一般から見ると真っ当な人間なんだと思います」

「勝手に変な親呼ばわりしてごめんなさい。泣き止みましたね」

「あ、泣き止みましたね」

雨、止みましたねのテンションで同調されたことに些《いささ》か疑問が生じたものの、真夏の夜に夏夜という人に出会ったことの面白みが僅かに勝っていた。

駅員から訝《いぶか》しまれる前に駅から退散する。『ドラゴンクエスト』の序盤の冒険のように、夏夜は僕の後ろをついてくる。電灯の明かりが僕らを照らし、伸びる二本の影を監視しているようで、込み入った話をする気になれずにいた。一向にタクシーが通る気配はない。

「夏夜ちゃん」

「は！　はい！」

突然振り返って話しかけたものだから、深緑のカラーコンタクトを装備した両方の眼球はうろうろと視線を定められず彷徨《さまよ》っているようだった。

「ここから家までどれくらいなの？」

「歩くと……五十分くらいですかね」

「タクシー会社電話しようか？」

「自分でかけてみます、すみません気がつかなくて」

電話を何ヵ所かにかける様子を見ていたが、どこも繋がらない様子で、たまにこちらに目をやっては小さくヘコヘコと頭を下げる。待ってやる義理はないのだが、ポンと夜道に置いていく無神経さも持ち合わせていない。心の内側で誰かがコンコンとノックをするような音がしたのだが、深い用事はないような気がして無視していた。

「ごめんなさい。タクシー捕まらなかったので歩いて帰ります。遅くまで本当にありがとうございました。カマキリから助けてくださったこと忘れませんので」

「そこに古いビルあるの見える？　あそこ僕が働いてるところだから、ここらへんで」

「はい、ここらへんで。おやすみなさい」

何度も夏夜はこちらを振り返りお辞儀をしていた。闇の中で発光しているように見える美しい金髪が上下に揺れる様を見送り、また四階までの階段を登る。三階の踊り場で舌打ちをすることなく、意気揚々と一段飛ばしでオフィスへと戻る。こんなに古いビルなのに空気が澄んでいるように感じる。人生で初めて、誰かの視線を振り切ってひとりになる経験をした。そのままふたりでいることも考えてはみたものの、心のどこかで○○子に遠慮をしていたのかもしれない。

ポケットからスマホを取り出すと、そこには〝k〟からの不在着信が六件あった。こういうときの脳は不思議なもので、事実を自己都合で良いように捉える。僕は何時まで起きているかを尋ねただけで、今から行くという話はしていない。何も嘘はついていない。僕には罪はない。

冷房でキンキンに冷えたオフィスのソファに横たわり、毛布を頭まで被り、眠りにつこうとしてみる。目を閉じると、思いのほか早く睡魔が迎えに来てくれた。先程の鮮やかな金髪が、ゆらゆらと闇に揺れる様が再現されると、僕の足は一歩一歩、その影へと吸い寄せられていく。血管の浮き出た手の甲からアイスピックのように伸びた細長い指先は、どんな温度をしているのだろう。金髪を振り乱すとどんな香りが空に舞うのだろう。僕は前を歩いていたから夏夜がどんな歩幅をしているのかも知らない。

知りたい。いびきはかきますか？　眠る前に聴く音楽はありますか？　スマホは残量何パーセントになったら充電しますか？　好きな人はいますか？

夢の中の僕は積極的だった。夢ならではの自分だなと第三者視点で感心していた。今度会ったら尋ねてみたいことが溢れてくるが、目が覚めたときには思い出せる内容ではないことも同時に理解していて、少しだけ寂しさを感じた。

二十三日。今日は花束を届けにいく日だ。国道沿いの大きなスーパーに隣接している花屋が、ここら辺一帯で一番安く花束を作ってくれる。

花屋の店長は、スキンヘッドに薄い茶色のサングラスをかけた老人で、お世辞にも雰囲気のいい風貌をしているとは言えない。それでも年末年始休まず営業しており、理由を言えば夜遅くにでも店を開けて花を見繕ってくれる。誰よりも花を、花屋という職業を愛しているのが伝わる。

「お、アタローくん。今日はどんな色にしていく？」

「いつものでいいよ」

花屋で〝いつもの〟と言える自分が内心誇らしい。人生に何の勲章も栄誉もない、これから手に入れられる予定もないいつまらない人間が唯一持っているものが、馴染みの花屋で使える〝いつもの〟オーダーだ。

白いバラ、カーネーション、ダリア、かすみ草などでパッと外に広がる形に作られた花束を片手に持ち、マンションへと向かう。徒歩にして四十分。毎月この四十分間の往路で自分を見つめ直すことにしている。驕り、慢心を叩き直すための修行の道と捉えている。

片側二車線の国道を真っ直ぐに進み、傾斜のきつい坂を登る。この坂が見えてくると試練感が増す。回り道をすればもっとなだらかな坂はあるのだが、この試練を乗り越えなければ自分を律することはできないと、勝手に自分で決めている。坂の途中にある立派な屋敷のブロック塀からは黒いビー玉のような丸い目をした柴犬がひょっこりと顔を出す。指先を嗅がせると冷えた舌でぺちゃぺちゃと舐め上げてくる。この犬は僕よりもきっといいものを食べて育っているに違いない。夏には冷房の効いた部屋で、冬には暖炉の前で眠るのだろう。

お手と伏せさえすれば褒められ、ボールを拾ってくれば褒められ、帰って来た主人に飛びつけば褒められているのだろう。

僕はといえば、廃品となった羽の折れた扇風機を持ち帰り、どうしても暑くて眠れないときにのみタイマーを一時間に設定して使う生活の中にいる。坂道の犬にまで嫉妬するようになっては終わりだと自分を戒め、坂を登り切り息を切らしていると、電動自転車に乗った女子高生が夏風を纏いながら颯爽と僕の脇を通過していく。炎天下、花束を持った青年がこの路上で倒れていたら、ニュースは白昼堂々起きた謎めいた事件として報道してくれるだろうか。テレビ局も新聞社も、そんなに暇ではないだろうことも容易に想像できて、自分の命の軽さに辟易《へきえき》とした。

よからぬ想像ばかりを巡らせているうちに目的地に到着した。見晴らしのいい土地に建てられたもうすぐ築五十年になるのではないだろうかという古い市営団地。三号棟の前に凛と立つソメイヨシノの木の足元に包んでもらった花束を手向ける。

――今月も、花だよ。先生。

低い位置に茂った葉をもぎ取り、軸にある小さな粒を舐めると、ふんわりと甘みを感じる。蜜腺と呼ばれる蜜を溜める場所で、アリを呼び込み、葉を弱らせるアブラムシを退治してもらうための甘みだという。僕はアリと同列に並び、その甘みを享受している。甘いは甘いだし、それに以上も以下も存在しない。ただでこの甘みを与えてくれるのだから、桜というものは僕ら日本人に本当に優しい。葉の甘みを舌の上で僅かに捉えながら、しゃがみ込み手を合わせる。

「僕は変わらず元気にしています。そういえば先日、馬鹿みたいに暑い夜、カマキリに襲われていた美しい金髪の子を救ったんです。僕、人に優しくしました。僕、もしかしたらいい奴かもしれません。その晩、夢にも見ました。その子とどうこうなったわけじゃないんですけど、夢で見てしまうと、起きてから少し探してしまいませんか。わからないですか、そういうのは。聞く人、間違ってますね。席倒していいですか？　って前の席の人に聞くくらい間違ってますね。まあ、なんとか毎日楽しく過ごしているので、どうかそちらでも元気にしていてください。酒は飲みすぎないように。来月来る頃にはもうちょい涼しくなってるといいな。真夏のあの坂はやばいですよ。また来ますね、先生」

目を閉じ、手を合わせながら、僕は言葉をソメイヨシノの木に向かって投げかける。木の表面をポンポンと二度触り、腰を上げ、その場を後にしようとしたそのとき、聞き覚えのある湿度の低い声が、耳の表面を滑り台のように滑降し、するりと鼓膜まで届く。

「アタローさんがいる……なんで……？」

青白く小さな顔を覆っている両手、指の隙間から覗く深緑の目は、動揺と興奮の入り混じった温度を持って僕の目をじっと摑んでいる。真上に昇った太陽から注ぐ日差しは、女神を照らすスポットライトのように見えた。

「夏夜ちゃん、なんで」

さっきまで木に向かってボソボソと呟いていた内容は聞かれていたのだろうか。置かれた状況をうまく処理できていない脳と、その脳に直接轟音で語りかける心拍が、僕の語彙力を崩壊させた。

「本日は、お日柄が、めちゃくちゃ、ギラギラだね」

聞こえる。僕は、お日柄がギラギラだと言っている。音として聞こえる。急に立ち上がったためか、視界はぐるんと回って歪み、夏夜の金髪が滲《にじ》んで見える。

「アタローさん！　気分悪いですか、大丈夫ですか？　お水飲みますか？」

そういえば昨晩から水分を摂っていないことに夏夜の言葉で気づいた。と同時に、地面から髪を引っ張られるような重みを感じ、その場に膝をつく。

幼い頃聴いた、ラフマニノフの前奏曲『鐘』の始まりの音が脳の端っこから端っこに反射して鳴り響き、僕は意識を失った。

ぼやけた視界に入ったのは橙色の電球と緑色のカーテン、壁にかけられた京都の街並みの写真。頭の下には何やら温かく少し硬いものが敷かれていて、それが夏夜の膝枕だということに気づくまでに数秒間かかった。

「アタローさん？　大丈夫ですか？　起き上がらなくていいですからね。このまま少し寝ててください」

夏夜の細く掠れた声が届き、そのまま太ももの柔らかさの中で溺れることにした。カーテンからは日差しが一切差し込まず、夜になっていることを悟る。

「ここ夏夜ちゃんの家？」

「はい。自転車に乗ってスーパーに向かおうとしたら、駐輪場の前にアタローさんがいて、目が合った瞬間アタローさん倒れて……ここまで運び込みました」

「ごめんね、迷惑かけて。ストーカーじゃないからね、まじで」

「てっきりどこかで私を見つけて家まで来たのかと」

「そんなことしない！　また会えたらなとは思ってたけど、こんな下手な再会の仕方選ぶわけない」

膝枕をされながら必死に冤罪《えんざい》であることを訴える僕を、先生が見たらどう思うだろう。実に情けない。

「でもよかったです。また会ってくれますかって訊く前に、また会えたらなって思ってくれてたことを知れたので」

夏夜は僕の髪を撫でながら見下ろす。母性と魔性の入り混じった笑顔は、生温《なまぬる》い幸福感を僕に与えた。以前会ったのは、夏夜にとって散々な夜だったから、こんなに陽だまりのような笑顔を浮かべてくれるとは露ほども思わなかった。橙色の部屋の灯りが後光のように夏夜を照らし、愛《め》でるように僕の輪郭を視線でなぞるその姿は、以前母から届いた絵葉書に描かれたサッソフェラートの『祈る聖母』そのものだった。解かれた口元から零《こぼ》れた言葉を、僕の脳は処理しきれなかった。

「アタローさん、恋人になりませんか？　私たち」

気の利いた言葉は浮かばず、小さく一度、僕は頷く他なかった。

違和感を抱き始めたのは恋人になって三ヵ月ほど過ぎた、秋の終わりの頃だった。

僕は毎日、朝食を食べるようになっていた。

「アタローさんのご両親ってどんな人ですか？」

「御伽噺《おとぎばなし》と魔女って感じ」

「……ごめんなさい、私の頭じゃわからなかった」

「父親は僕が二本足で立つ頃には蒸発してたらしい。熱海で仕込んでアタローって名前つけて、育児に興味を示す暇なく他の女作って逃げおおせたんだって。母さんが小さい僕に〝世紀の悪人〟として毎晩御伽噺の代わりに言って聞かせてきたから、何か事情があったんだろうとか情けをかけてやる隙もなく、僕も悪人だと思ってる」

「ああ、だからお母さんのことを魔女って？」

「そういう面でも魔女なんだけど、母さんも母さんで変わってて……高一の頃からほとんど会ってない。世界を飛び回ってる。多分箒《ほうき》で」

「本当の魔女ですね」

夏夜は左手に持ったお椀と右手に持った箸をずっと固定させたまま、前のめりになってこちらの話を聴いている。

「世界各地で出会った男との逢瀬の話を絵葉書に認《したた》めて送ってくる。実の息子にだよ。先月はモザンビークの大使館に勤める屈強な男に求婚されたらしい。多分僕の顔が年々父親に似てきてるから、一緒にいるのが耐えられなくて世界旅行に出かけたんだよね」

「結局誰よりも好きなのかもしれないですね、お父さんのことが」

「そういう心温まるエピソードを演出できるような母親じゃないんだよな……息子という、この世に遺してしまったＤＮＡに人生をかけた復讐をしてる感じに受け取ってる」

止まっていた箸が動き出し、味噌汁と白ごはんと卵焼きを順番に持ち上げ、薄い唇と唇の間に吸い込ませていく。

夏夜は朝起きてすぐに深緑色のコンタクトと、大ぶりのピアスを右耳につける。コンタクトレンズに度は入っていないのだという。すっぴんのその顔に眉毛は無く、大きめのヘアクリップで切り揃えられた前髪を留めていて、裸眼を見せることはないけれど、どすっぴんは見せてくれるというそのチグハグさは、いつまでも揃わないババ抜きをしている気分になる。白すぎるその肌は、日焼け対策の賜物などではなく、ただ単に日中に屋外に出ない数年間を過ごしていたことで培ったようだ。

「アタローさんは、そういう重めの感情って苦手ですか？」

「別に……でも僕に何の期待もしないでほしい」

質問の意図を胃に落として消化するよりも前に、嘔吐するように喉元から防衛本能が溢れ出た。

「ちゃんとしなきゃってことが、僕にはできない。気づくと『ここから先は進入禁止です』って標識の先にいたりする。『食べられません』って注意書きされた小袋を舌の上で転がしてたりする。御伽噺と魔女の間に生まれて、やっぱり自分もこうなのか、ってたまに思う」

「アタローさんって、おじいちゃんになっても公民館で会った他のおじいちゃんに『学年で言うと一個下だね』って言ってそうですね」

「それっておかしいこと？」

「どうでしょう？」

ニコリと笑ったかと思えばすぐに、間の数シーンを見落としたか？　と勘繰ってしまうほど、夏夜は真顔で食器を片付け始める。背を向けてそれらを洗いながら話す夏夜の声のトーンは先程よりも低かった。

「前に話したように、私のお母さんは精神科の先生なんです。素敵な人です。Ｇｏｏｇｌｅマップの精神科のレビューって見たことありますか？　大抵悪口しか書き込まれてないんです。その中でお母さんは褒められてました。こんなに親身になって話を聴いてくれる先生はいない、やっと心を開ける先生に出会えた、って」

「いい人なんだね、お母さん」

「ええ、いい人です。でも、授業参観にも、運動会にも、入学式にも、卒業式にも、お母さんが来てくれたことはありませんでした」

「……お仕事で忙しかったから？」

蛇口を締めて手を拭き、椅子を引き、腰掛ける。心なしか、目が潤んでいるように見えた。

「私が不倫相手との子だからです。父はマンションの隣の部屋に住んでいる人でした」

僕は反射的に首を傾《かし》げてしまう。

「隣の部屋のおじさんが、私の父親です。休日には家族でキャンプに出掛けるおじさんが、私の父親です。運動会の日には最前列で三脚に望遠レンズを取り付けて、本妻との娘を撮影しているおじさんが、私の父親です。本妻との娘は私より二つ上の学年の人でした。同じ小中学校に通いました。隣に住む私にとても優しくて、よく勉強を教えてくれました。その優しさが苦しくて苦しくて、しょうがなかったのを覚えてます。本妻は、もちろんお母さんと私が、自分の夫と関係があるなんてこと、知りません。本当に幸せな人です。隣のおじさんと夕方すれ違うと、血の繋がりがあるとは信じられないくらい他人行儀に『こんばんは、またちょっと大きくなりましたね』と声をかけて、隣の部屋に吸い込まれて消えていきました」

夏夜の声から優しさが消えていくのを感じた。立ち上がり後ろから抱きしめることくらいしかできない。接着剤で固められたかのように強く結ばれた拳を開き、手を繋ぐ。じんわりと湿っていて、夏夜に初めて湿度を感じることができた。

「でも私、ちゃんとこうやって、ちゃんと大人になりました。Ｇｏｏｇｌｅマップで褒められてるお母さんと、隣の部屋に住むおじさんとの間に生まれて、それでも大人になりました。アンパンマンに出てくるチーズとか、ミッキーのペットのプルートとか、あいつらの世界観の中でさえ喋らせてもらえないキャラっているじゃないですか。同じ気持ちでした。この人たちといる世界の中で、その世界を崩すような言葉を発してはいけない。私という存在が、彼女たちの世界を邪魔するような言葉を発してはいけないって思って育ちました」

「殺してやろうとか思ったことないの？」

「え……お母さんをですか？　おじさんをですか？」

「両方だよ。片っぽでもいいけど。こいつらさえいなければ、って思ったことないの？　階段でおじさんとすれ違ったときに突き落としてやろうとか思わなかった？」

繋いだ手に込められていた憎悪の感情がすっと解けていって、だらんと腕を下げた。そして首を力無く横に振った。

「殺してやりたいと思えるほど、愛していなかったんだと思います。お母さんのことも、おじさんのことも……」

僕はその言葉の意味があまりわからず、咀嚼《そしゃく》するまでにしばし沈黙が流れた。ベランダに留まったスズメがチュンチュンと鳴いて静寂を破る。

「愛していたら、殺したくなるもの？」

「殺してしまいたくなるほど、愛しいと思えたり、この人に愛されるためなら死んでもいいと思えたり。すごく近いところにあると信じてます」

「夏夜ちゃんはすごいよ。立派な大人だと思う。僕なんかに褒められたところで何の足しにもなりはしないだろうけど。ごめんね。いつまでも育った環境言い訳にして逃げるのやめなきゃ。あ、確かに、おじいちゃんになっても『学年で言うと一個下だね』とか言ってそうだな僕」

「ううん、ごめんなさい。私が私を肯定するために、アタローさんの生き方に口出ししてごめんなさい」

こんなときに、僕は最低だ。

夏夜には、涙が似合うと思ってしまった。


ふたりでよく植物園に出掛ける。動物園ほど臭くない、水族館ほど歩きづらくない、ペットショップほど心が痛まない。けれど何か生きているものと触れ合いたい。そんな思惑が合致し、植物園によく出掛けた。そもそもひとりでもよく足を運んでいたのだが、夏夜もたまに友人を誘って訪れていたらしい。

「植物園にひとりで行くことってあります？」

「あるよ。結構いるよ、ひとりで来てる人。先生が生きてた頃は、たまに連れて来てもらってた」

「先生の話、たまに出てきますよね。先週も桜の木の下に花束置いてあったから、アタローさん、お参りの日なんだなと思って」


夏夜の素晴らしいところは、勝手に深層部に侵入してこないところだ。心に疑問が転がっていたとしても、こちらが開示したタイミングまでそれを露《あらわ》にすることはない。こちら側も誠意として、知らせても構わない情報を嘘偽りなく知らせる。深く探ってこないだろうという安心感がそうさせる。

「先生も夏夜ちゃんと同じ団地に住んでたんだよ。ずっとアタローちゃんって呼ばれてた。生徒のこと全員ちゃん付けして呼ぶ変な先生だった。高三のときの担任だったんだけど、そのとき僕一人暮らしだったから、気にかけてくれて頻繁に安い飯食べさせてくれたり、休みの日なんかにはこういうところ連れてってくれたりした」

「先生って女の人？」

「いや、朝剃《そ》った髭《ひげ》が夕方には伸びてチクチク髭になってるようなおっさん。髪も伸びてボサボサだし。でもフローラルの香水つけてたんだよな。花が好きだから、自分から花の香りがすると嬉しいって言って。ドリンク剤を一日五本飲めば生命維持できるんだって本気で思ってた、目の下のクマがやばいおっさん」

「不健康そのものじゃないですか」

「目もずっとバキバキに充血してたしね。自分が眠いときには授業の時間、自習にしてくれるんだよ。最高の休み時間だった。でもそれやりすぎて、校内で『今度の定期試験で三年生の国語の成績悪かったら先生が辞職させられるらしい』って噂が流れ始めて。僕らめちゃくちゃ勉強して、国語の学年平均点が九〇点だった事件があって。それが先生の策略だったのかどうか真偽は闇の中……っていう思い出。変な人だったよ。五十音順に回答させるんだったら、相原とか相田とかを一番最初に当てていくだろ？　下の名前で当て始めるんだよ、はいじゃあアタローちゃんって」

「アタローさんが楽しそうに話してるの見られて嬉しい。優しい思い出が多いんですね。私の先生もいい人でしたよ。奥さんとお子さん想いの、優しい人でした。好きだったなあ……」

夏夜がそっと僕の左手を握る。指先の体温が気温よりも低く感じられるほど冷えていたので、スキニージーンズの狭いポケットに無理矢理二つの手のひらを捩じ込んだ。好きだった、の言葉がこだまし、だんだんと大きく聞こえてきたので咳払いをして自分の中から掻き消す。我ながら恥ずかしいことをしている自覚があるので夏夜の方から目を逸らすと、植物園の鏡にふたりの姿が映る。

並んだ背丈はあまり変わらない。牛乳を飲んだり、鉄棒にぶら下がったり、幼少期に〝身長を伸ばす方法〟みたいな雑誌で読んだ都市伝説は一通り試してみたものの、僕の頭を押さえる測定器の目盛りが一七〇センチを超えることはないまま、定期的に健康診断を受ける年齢を過ぎてしまった。

しかし幸い身長にコンプレックスはない。身長が高ければモテただろうとか、身長が高ければ年収が高かっただろうとか、そんな〝もしも〟を妄想する暇もないくらい、僕には一切の取り柄がないからだ。大学を中退したときに、プライドだとかこだわりだとか、そういう明るい色をした感情はすべて燃えるゴミと一緒に捨てた。きっと汚い燃え滓《かす》だったに違いない。

「ねえアタローさん、バラは好きですか？」

赤、白、桃色、黄色、バラバラな色が咲き誇るバラ園に差し掛かり、夏夜は僕の視線を独占しようと覗き込んでくる。

「バラは好きだよ。いつも花束に入れてもらってる」

「バラが好きです、って言っている人のうちの何人が〝薔薇〟って漢字書けるんでしょうね」

「僕は書けるよ。そういうの好きなんだよ。一文字で八四画ある画数最多の漢字も知ってる。円周率三〇〇桁とか、ピカソのフルネームとか、バンコクの正式名称とか、覚えなくていいものを覚えるの好き」

なんのアピールポイントにもならないが、少しでも威厳を保てるチャンスなのではないかと、次から次にペラペラと口を衝《つ》いて自慢が溢れてしまう。

「アタローさんのそういうところ好きです。バラが好きって公言してる人には、薔薇って漢字書けてほしい。……わかってるんです。そもそもそんな難しいもの書けなくていいってこと。その人は漢字が好きなわけじゃないんだから。でも私はそれとこれとを繋げたがる性分なんですよね……アタローさんのことを好きなら、アタローさんのあれこれを知っておきたい。アタローさんのあれこれを一番よく知っているのは私だってことが、アタローさんを一番愛しているのは私だって証明になると思うんです。いや、証明であってもらわなくては困るんです」

「つまるところ……たくさん僕のことが知りたいよ、好きだよ、ってことでいい？」

「ごめんなさいベラベラと。引きますよね……」

僕はポケットから手を出し、両手で夏夜の肩を摑む。なんと華奢で頼りない肩だ。線は細く骨が出っ張っている。

「僕の一番好きな花はツツジだよ。白いツツジが好き。漢字で書くとこうなる」

スマホを取り出し、漢字に変換して夏夜の瞳に映す。花束の写真を拡大してツツジの花びらを見せる。

「梅がこぼれて、桜が散ったあとの季節に、ツツジが咲く。春が来たらツツジが綺麗に咲いている場所を知ってるから、連れていくよ」

夏夜は胸の前で小さく拍手をし、金髪を左右に揺らして少女のように喜んでくれた。

遠い〝いつか〟の約束は、明るい色をしながら、心臓を握り潰すような悲哀を纏っていた。

『アタローちゃん。世界で二番目に美味いチャーハンに出会ったで。味の濃さと油加減が絶妙やねん。俺が好きやからアタローちゃんも多分好きやわ。羨ましいやろ』

『僕も食べたいです。連れて行ってください』

先生に投げかけた最後の約束だった。気づいたときには、世界で二番目に美味しいチャーハンを知る術は無くなってしまった。


先生はボサボサに伸びた髪を束ねて、セットのミニラーメンをズズと啜《すす》る。週に何度か、決まった中華料理屋に連れ出してくれる。ひとりで暮らしている僕のことを案じてくれていたのだと思う。床がとにかくベタついていて、スニーカーの底が磁石のようにくっつく。店長の中国人のオヤジさんは、毎度決まって閉店作業が行われている最中まで僕と先生を店に居させてくれる。閉店作業中、床を掃除しているところは見かけたことがない。

「僕、先生と同じ大学受けるのって難しいですか？」

「珍しいな、アタローちゃんが意思表示するなんか。なんでもいいですしか言わんのに。後輩なるねやったら、勉強頑張ってなあ。学部は？」

「頑張ってなあ、って。担任ならもっと『俺が合格させてやるからな！』的な励ましくれるところじゃないんですか普通。教育学部受けたいなって思ってます」

「おお。俺と全く同じ道進むん？　やめときぃや教師なんか」

「なんでですか」

「毎日一緒に過ごして、手塩にかけても、全員卒業していくねんで。アタローちゃんもそうやんか。毎年悲しくてしんどいわ」

五つ入った餃子の四つ目に箸をつけようとして、さすがに僕に二つは譲るかと遠慮したのか、そっと箸をラーメンの丼の縁に置いた。

「先生は僕の親父みたいなもんなんで。こんなに飯も食わせてくれて、親身に相談も乗ってくれて。多分他の教師からの評判は悪いだろうけど、僕は先生みたいになりたいです」

「今しれっと悪口言うたな？　俺の耳に入って来てない悪口やってんけどそれ。気にするわあそういうの……明日から不登校なるかもしれん。先生って不登校なっていいんかな？　まあいいか」

しゅんとしたフリをして、僕が気まずそうな顔をしているのを確認してから、四つ目の餃子に箸を伸ばし、タレをつけて口に運んだ。

「まあでも、やっぱよくよく考えてみたら無理ですよね。成績も中途半端だし、母さんの耳に入れたところで僕の進路なんか興味ないだろうし。進路どころか多分、僕の人生がどうなろうが興味は持たないだろうし。どこに行こうが一緒ですよね」

「アタローちゃん、存分に努力しぃや。人生に一度だけでいいから、やりきれ。やった後悔は笑い話にできるけどな、やらんかった後悔は笑えもせんからな。アタローちゃんがやりきるための手助けならいくらでもしたるから。誰かのために生きる前に、己の夢のためにまずは頑張りや」

「……はい」

「なんでもいいって言い続けてると、何にも興味が持てんくなるで。死に向かうだけの人生なんか送らんときや」

稀にまともなことを言う先生が好きだった。自分の言葉が、僕の人生を大きく変えようとしていることに気づかず、ひたすらラーメンとチャーハンを掻き込んでいる先生を見ながら、僕もラーメンを啜る。醤油ラーメンだったが、ほんのり塩ラーメンの味もした。

僕はその後見事、先生と同じ大学に合格することができた。人生で一番努力した数ヵ月を過ごしたと胸を張って言える。それ以降の人生であれほどの努力をできたことがないし、するつもりもない。一日十余時間座りっぱなしで机に向かうなんて正気の沙汰ではない。息抜きは町の本屋の参考書コーナーに寄って、持っていない参考書を読みながらニヤニヤすることだった。やはり正気の沙汰ではない。

合格通知を受け取り、先生に報告したときは泣いて喜んでくれた。自分のことのように喜んでくれた。合格祝いに少し高価な中華料理店へと連れて行ってくれたが、ふたりして、

「高価な店のチャーハンもいつものチャーハンも、味の違いはそんなわからんな……」

と、装飾の施された赤い店内で自分たちのバカ舌具合を恥じた。出されたフカヒレも、美味いと感嘆すべきところなのだろうが、ダルダルになった味付きはんぺんのように感じてしまい、高価さを噛み締めていますよと言わんばかりにただ頷いてみせた。

大学に入学した僕はひたすらに勉学に打ち込んだ。……最初の半年間だけは。

「アタローくん。大学生が覚えるべきことは、うまくサボることだよ。大学生活は人生の休み時間なんだよ？　これから先は定年を迎えるまで働きっぱなし。別に起業して大金持ちになって悠々自適の早期退職生活を！って感じでもないでしょ？　今のうちにサボれるだけサボっておくのが、大学生の勤めってもんよ……」

あれほど努力して摑み取った大学入学だったはずなのに、僕は新歓コンパで知り合った二学年上の先輩に毒されてしまったのだ。適度にサボりながらでも、最低限の人付き合いを大切にさえしていれば、卒業に必要な単位を取得できることを知った。目の前にチラつく〝楽な方の道〟を、安易に選んでしまう自分が情けない。先生の顔が浮かび、申し訳なさが募りかけたが、

「俺、今日眠いから自習でもええか？　みんな適当にやっといてな。よろしく」

と授業をサボっていた彼の姿を思い出し、本来在るべき姿なのかもしれないと胸を撫で下ろす。先生の怠惰な姿は、自分にとって心の支えになった。飲酒、ダーツ、ビリヤード、ボウリングと、暇を潰せるすべての娯

楽で時間を溶かし、存分に遊んだ。その中で出会う人たちもいたが、面白いほどに入れ替わり立ち替わり人が流れていく。その場に居続けるのは僕一人くらいなものだった。

大学で友人と言える友人は出来なかった。おそらく向こうは友人として接してくれているが、生憎誰のこともフルネームで覚えていない。ただのらりくらり、落ちぶれないようにだけ気をつけて、低燃費に日々を過ごしていた。


大学二回生の春、突如として先生の訃報が舞い込んできた。あまりにも呆気なく、実感することが難しい報《しら》せだったのを覚えている。

同級生からの久々の着信は、瞬時にして僕の生活から色を奪い去った。

『アタロー？ 久しぶり。元気してた？ あー、いきなり電話してごめん。アタローならなんか知ってるかなと思って。先生、亡くなったらしいよ。自殺だって。お前仲良かっただろ。なんも聞いてなかった？』

『聞いてない。なんで？ なんで先生死んだ？』

『いや俺もわかんないんだって。だからアタローなら何か知ってるかもと思って電話した』

『ごめん、なんかの揶揄《からか》い？ だとしたらセンスないよまじで』

『先生の訃報を使って揶揄うのの何が楽しいんだよ。俺だって動揺してんだよ、わかれよ」

どうか冗談であってくれと願いながら、手は震えていた。

先生、何があった？ なんで自殺した？ 僕にあれだけ頑張れって言っておきながら自分は自殺？ 意味がわからない。鳥肌が全身を覆っていた。僕は先生の弱みを知ることができる人間ではなかった。弱音を吐いていいと思えるほど信頼に足る人間でもなかった。何が勉強だ、何が教師になるだ。先生みたいな教師になりたいと言って、先生のことを何も知らないままでいた。

先生、なんで死んだんですか？ 最後に何を見たんですか？ 最後の言葉は誰にかけたんですか？ その相手、僕じゃだめでしたか……。

　僕はその日から、夢を追うことをやめた。希望は、簡単に捨て去ることができた。

　無理に明るい未来を夢想してみたり、優しかった過去を振り返ろうとすると、胸の中にフナムシを飼っているような感覚に陥った。思い出を踏み歩けば足の周りにフナムシが湧き、黒が散る。寒気が襲う。幽霊にでもなんでも化けてくれていいから、先生ともう一度話したいと願ったけれども、非情にも僕はいつまでもひとりだった。


　カリキュラム通りに日々をやり過ごし、四回生になったある日、教育実習先の高校にて問題は起きた。

「先生、彼女いないの？」

　教育実習生の身分ながら、〝先生〟と呼称されるのが妙にむず痒い。まだ教員免許も持っていないし、本当に教師になりたいのかすら曖昧《あいまい》なまま、だらだらと流れに身を任せてここに立っている自分に、〝先生〟と呼ばれる資格があるのだろうか。僕の中の〝先生〟はあの〝先生〟なのに、自分が先生と呼ばれていることに納得がいかない。医師、弁護士、政治家、文筆家にこんな小童《こわっぱ》が並んでは〝先生〟に申し訳が立たない。

「いないよ」

「私、アタロー先生のこと好きなんだけど、だめ？」

「何？　罰ゲーム？　いつの時代でもそういうのあるんだね。楽しい？」

「皮肉屋すぎでしょ。大体何してても楽しそうじゃないし、生徒に気に入られようって感じもしない。見て？　他の先生たちみんな男子に交じって昼休みサッカーしてんだよ？　先生ずっとひとりでぼーっとしてる。とりあえずこなしてます感が丸わかり」

「教育実習生批評家なのか？　君、僕のこと嫌いだろ」

「好きって言ってるでしょ！　それに名前覚えないあたりも嫌い！」

「ほら嫌いって言った」

女子高生という生き物なんて、人生において近づくべきではない。近づくだけで犯罪に巻き込まれる可能性がグッと上がる。会話のターン数が増えれば増えるほど、悪評が泡のようにぶくぶくと湧き立つ。

――アタロー先生、あの子のこと狙ってるらしいよ。

――やっぱり？　やたら距離近いと思ったー！

言葉にならない声が聞こえる。すれ違う女子生徒の視線が痛い。

「大体、まともに話したことのない僕のことを好きだなんてどうかしてるだろ。疑うのも当たり前だって」

「アタロー先生、怒られてたでしょ。この前の授業でダーハラに。まじであれはダーハラ中のダーハラだね」

ダーハラというのは、担任の原田先生のことを指しているのだが、そこにはもうひとつの意味も込められている。元の気質なのだろうが、語気が強く、相手の感情を逆撫でするような言葉をよく使う。そしてこれも癖だとは思うが、バスドラムを響かせるドラマーかと錯覚するほど、常に激しい貧乏ゆすりを、彼の左脚が披露している。パワーハラスメントの香りのする原田先生、ダーハラ。ここで魔法の一言を使わせてもらう。

――悪い人じゃないんだけどね。

「怒られて然るべき授業だったからね。あれは単に僕が悪かったからで、君がとやかく言うことじゃない。指導案通りに進めるのが実習生のやるべきこと」

「アタロー先生の授業が一番良かった。ミナもナツメも、あの五十分間で見る目変わったって言ってた。私が先生のこと好きになってもおかしくない。私バカだけど、数Cも物理も偏差値四〇いったことないけど、自分がどんな人好きになるかくらいわかってるつもり」

「君、今からでも文転したほうがいいって」

　僕の授業中に、最後部の席から野次るような質問が飛んできた。地区の予選も突破できなかった弱小野球部で、引退してやっとこさ伸ばせるようになった短髪をジェルでオールバックにしているような男子。ダーハラ先生は職員室で用事があると言ったきり、授業の中盤から外していた。

「先生ー！　サインコサイン俺の人生に関係ねぇからもっと為になる授業してくんなーい？　面白くねーわ！　みんな寝てるわー」

　人生で初めて〝ｗｗｗ〟というネットスラングが声としてこの目に見えた瞬間だった。同じ伸びかけの坊主共が共鳴し合い、やれ一発ギャグの授業をしろだとか、すべらない話をしてみろだとか吐き捨ててくる。

「サインコサイン自体に意味はないよ。僕も生きていて、高校を出てから三角関数に助けられたことはない。むしろ三角関数のせいで、こうやって君にいじられるような始末だ。本当に三角関数が憎い。叶うことならサインとコサインとタンジェント、全員を終身刑で牢の中に閉じ込めたいくらいだ」

「先生なんの話してんの」

　坊主共はぎゃははと手を叩いて笑う。

「ここから先の話は、僕の恩師の受け売りだから、今眠っている奴らは引き続き夢の中にいてくれ。君たちと同じ年頃、僕にはお世話になった先生がいた。〝す〟の書き方が独特で、こんな風に……はらいが長すぎる先生だった」

　黒板に、先生とそっくりの〝す〟を書いてみる。起きている生徒は、自分たちはどのように〝す〟を書いていたか思い出すため、各々空に〝す〟を書いていた。

「先生は僕にとって、父親代わりだった。僕は本物の父親に会った記憶がない。母さんは気づいたら僕を放って海外で暮らしていて、その国その国で男を作って失恋したら次の国へ、次の国へと渡って生きてるらしい。たまに拠点としている国からポストカードが送られてくるから、それで居場所を把握してる。極めて自由度の高い家庭で育った。君と同じように、勉強なんかしてもしなくても一緒だと思ってたし、コンビニでバイトを続けて、真面目に働いてれば正社員のお声がけももらえるだろうとたかを括《くく》って生きてた」

唐突にベラベラと話し始めて、授業の異変を悟ったのか、さっきまで机に突っ伏して寝ていた生徒の目が開き始める。

「学校に行く頻度も下がって、コンビニバイトの日勤の回数を増やしてたんだけど、ある日、先生に腕をがっつり摑まれて学校に連れ帰られたんだよ。生徒指導室のソファに僕を座らせると、先生は開口一番、『アタローちゃん、愛について語れ』って言ってきた。あ、ちなみに、愛について語ってみてくれる？」

「え、いや、俺そんなつもりで発言したわけじゃない」

坊主の口がもごもご動く。

「困るよなあ。愛について考えたことなんかないだろ。僕もなかった。先生が言うには、『愛とは、世界を知ることであり、他者を自分のことのように理解しようとすること』だって」

「はあ？」

「はあ？　ってなったよ。君と同じように口あんぐりしてたと思う」

伸びかけ坊主が慌てて口を閉じる。

「愛する人ができたとき、その人が悩んでいたら君はどう救う？」

「ずっと隣にいる」

「いるだけ？」

「何に悩んでるのか聞いてやる」

「部下をたくさん抱えていて、ひとりひとりの教育ができていないために、成果が出ず苦しい思いをしていると。こんな上司になるはずじゃなかったのに……そうやって愛する人が悩んでいたらなんと言ってやれる？」

数秒黙る。クラス中の合計八十個の眼球が彼ひとりを見つめる。

「うまい飯作ってやるよ、って、言う……会社のこととか上司部下とかわからんし」

ハハハと冷笑めいた音が響き渡る。彼は顔を赤らめる。

「それも素敵な愛の形だ。君は料理が好きなの？」

「俺んちも母ちゃんいないから、弟と妹と親父の飯毎日作ってる」

おおーとどよめきが起きる。手のひらは簡単に裏返される。

「それはつまり、君が料理を勉強したからだね。毎日同じ料理じゃ家族が飽きるだろうから、今日はコレにしよう、明日はアレにしよう、どこのスーパーは安いから何時までにそこに行こう、そうやって勉強したんだね」

「勉強とは言わないだろ」

さっきまで悪態をついていた伸びかけ坊主が可愛く見えてきた。

「彼が毎日料理の献立を考えて、日々美味しくなるよう練ってご飯を作っていること、家族の健康を支えていることを、勉強の賜物《たまもの》だと思う人、手挙げてみて」

彼以外の全員が手を挙げる。さっきまで寝ていたメガネくんも、マニキュアを塗っていたギャル見習いも、みんなが手を挙げた。

「僕にはクミンがなんのためにあるのかわからない。知ってたりする？」

「カレーに入れると香りが立つんだよ。意外とヨーグルトにも合ったりする」

「ありがとう。僕の知らないことだった。僕の人生にクミンなんて関係ないと思ってたけど、ちょっとクミンに興味が湧いた。話を戻すけど、人は知っていること、蓄えた語彙、踏んできた経験からしか、言葉を紡ぐことはできない。知らないことを憶測で話して指摘されるのは誰だって怖いからね。会社で働いたことのない君が、『上司部下とかわからん』と一蹴したように。勉強するということは、知らないことを知ろうと取り組むための基礎体力作りなんだよ。せっかく産まれ落ちたのなら、いろいろな事情を知り、知ることで偏見をなくして、あらゆる世界へ愛を向けられたほうがいいと思わない？」

熱い視線が注がれた彼は、ゆっくりと頷いた。反芻《はんすう》して胃に落とすまでに時間を要しているような、重みのある頷きだった。

「愛について語るには、多くの世界を知らなければならない。愛した人の困難を救うためには、心情を察する了見を持たなければならない。無知は敵だ。サインコサイン自体、さして君の人生に役立たないかもしれないが、三角関数に取り組むために机に向かった時間は確実に君の人生の強度を上げる。浅いところでモノを考える大人にならないようにね。知らないより知っておいた方がいいことばかりだ。知ることを面白がれる人でいてほしい。つまらない授業の代わりに、僕の恩師の言葉を紹介できて嬉しかったよ、ありがとう。あとみんな！この時間、僕がこんなしょうもない話に時間を割いてしまったことは、原田先生には秘密にしておいて」

話し終わったところでチャイムが鳴る。原田先生が職員室から戻ってきて黒板を眺めて僕に言葉を突き刺す。

「五味くんさ……俺がいない間、何やってたの？　全然進んでないよね？」

生徒は皆、誰一人口を割らず、黙ってお互いに見つめ合っていた。


教壇に立ち、意気揚々と〝先生ヅラ〟を繰り出したものの、薄っぺらな看板が剝がれるのは早かった。学校に遅くまで残り、次回の授業の要項を詰め直したあと帰路につくと、僕の住む古アパートの玄関先に、昼間告白してきた女生徒が座り込んでいるのだ。

「ねえ君、なにしてんの」

「あ、アタロー先生おかえり！」

「おかえりじゃないよ。なんでいるの？　やってることやばいよ？」

「やばいよねー……でもアタロー先生、どうでもよさそうな顔してるんだもん。何が起きようが、どうでもいいって顔してる。だから私もどう思われてもいいやって思った」

「殺人鬼の言《い》い種《ぐさ》と全く同じだよ」

「先生、早くおうち入れて」

結果として、僕はまんまとその女生徒に抱かれることとなる。男に生まれたが、抱かれることはあると、このときに学んだ。事後、

「寄せてくれる気持ちには応えられない」

と伝えると途端に怒りを買った。ギリギリまで曲げた定規が、指を離すと勢いよく跳ね返るように、慕情は憎しみへと変わったのだ。

――夜中に呼び出していきなり襲ったらしいよ。

――家に呼ぶ生徒リスト作ってたって噂だよ。

――ロリコン実習生、愛を語る先は女子高生だった。

事情は丁寧に説明したものの、憶測が憶測を呼び、事態が収束する兆しが見えなかったので実習を継続することは難しくなった。こだわりを持てない人生とは厄介だ。今ここで叶いかけた夢が潰《つい》えようとしているのに、言い逃れしようとする意思すら湧いてこないのだ。

教師になる夢を諦めた僕は、在学し続ける理由もなかったため、退学届を出すことにした。退学届を出した夕方はやけに涼しく、空気が澄んでいた。

夕陽を照り返す校舎に「お世話になりました」と深々と頭を下げ、百万遍の通り沿いにある老舗定食屋で六〇〇円の定食を掻き込み、深夜バスで逃げるようにして神奈川まで帰ってきた。こうして僕の大学生活は幕を閉じた。


『アタローさん今どこにいますか？　四時間も返信なかったから、心配になって』

指先の悴《かじか》みが我慢できなくなってきたこの頃、夏夜はしきりに僕の動向を知りたがるようになった。スカルプを施した緑の爪がスマホの画面にカチカチと当たる様子が瞼《まぶた》に浮かぶ。夏夜に何かしてしまったのだろう

か？　何か不安にさせる要因があるのだろうか？　過去を顧みたが特に心当たりはない。

『回収終わって今から事務所戻るところ』

『本当に？　写真送ってください。いつもなら運転しながらでも返信くれるのになんで今日はくれなかったんですか？』

交差点の信号待ちの間、運転席から見える景色を写真に収める。こんな写真を送る程度で彼女の心が凪《な》いでくれるのならば易しい。

エナメルバッグを背負い、立ち漕ぎで家路を急ぐ高校生を車中から眺め、あったかもしれない教師生活に思いを馳せていたら、いつの間にか夏夜への返信を忘れていた。しばらくの間、この人生に〝恋人〟と名のつく存在がいなかったため、世の中で当たり前とされる恋人間の連絡頻度の基準値がわからない。あれ？　今一瞬、「面倒臭い」と思ってしまった気がする。

『ごめん夏夜ちゃん。考え事してたら一瞬で時間過ぎてた。これ今、運転してる写真』

『ありがとう。何時に帰ってきますか？』

『二十時くらいには帰れると思う』

『わかりました！　オムライス作って待ってます』


僕は、チキンライスの上にオムレツが載っているタイプのオムライスが苦手だ。夏夜はオムレツにケチャップで丁寧に僕の名前を書いた。可愛いハートまでつけてくれた。縦にザクザクと包丁を入れると、そのハートは真っ二つに割れる。わざわざ丁寧に描いた文字とハートに包丁を刺したのだ。とろんと両端に分かれたときには、ケチャップ諸共崩れ、血まみれの殺人現場オムライスになった。料理は見た目じゃない。味だ。殺人現場オムライスは確かに美味しかったのだが、なんらかの強い意図を感じ取った。

「オムライスありがとう。めっちゃ美味しい」

「割ったらぐじゃってなりましたね」

「あえてじゃないの？」

「あえてじゃないですよ。包丁入れながらアタローさんの顔色窺《うかが》ってました」

どうやら思い過ごしのようだ。つまらない憶測で夏夜の善意を蔑《ないがし》ろにしてしまうところだった。危ない。

「アタローさんって、本当はどういう女が好きなんですか？」

「なに急に。本当は、って、僕が夏夜ちゃんのこと好きじゃないみたいに」

「私たちが付き合ったのは、偶然の力を借りてとか、俗に言う『タイミングが合ったから』みたいなものじゃないですか。だから、本当はどんな女が好きなんだろうって思って……」

どう答えようとも、一歩踏み出した先には地雷が埋まっているような気がして、さも好きなタイプを考えているような悩み方をしながら、最善の策を練る。

「優しくて、笑顔が素敵な人……」

「アタローさん……性格悪いって言われないですか？　優しくて笑顔が素敵な人を嫌いな人はいません。嫌いじゃないタイプを聞きたいわけじゃないです。優しくて笑顔が素敵なら誰でもいいのなら、それはそれで私、不安です。この人誰でもいいんだって思っちゃいます」

唯一進める安全なマスだと思ったら、そこが一番踏み抜いてはいけないマスだったようだ。世の中で一番言われているであろう〝優しくて笑顔が素敵な人〟は、夏夜には逃げの回答だと捉えられた。

「え、そこまで言う……？」

「性格悪いですよ……何も答えてないのと同じですもん。機嫌を損なわないために当たり障りなく答えておこう、と恋人に思われることほど惨めなことはありません。性格悪いです。『うんとかすんとか言いなさいよ』って迫られたら『すん』って答えるタイプでしょ？」

何に怒られているのかわからないが、とりあえず折れておけばなんとかなるだろうと発した一言が、余計に夏夜の怒りに薪《まき》を焚《く》べた。

「なんかごめん」

「……何にごめんって言ってます？　私が謝ってって言いましたか？　謝っておけばどうにか収まるだろう、言葉だけくれてやろう、で、今その言葉使いましたよね。私はただあなたが本当に好きな女のタイプを知りたかっただけです。謝ってほしかったわけじゃ」

「ちょっと待って。なんでそんなに好きな女のタイプを聞きたがるの？　僕、なんかした？」

「心当たりないですか？　自分で考えてください。今日は帰ります」

そそくさと荷物をまとめ、上着を羽織り、食べかけの殺人現場オムライスを残し夏夜は僕の部屋を後にした。バタンと勢いよく閉められた扉。換気扇だけが回り続けるこの部屋は、まさに殺人現場さながらの凄惨《せいさん》な空気を宿していた。

動悸のする言葉（男性部門）、堂々の第一位は百年連続だろう。栄えある第一位はこれだ。

「心当たりないですか？」

「聞きたいことあるんだけど、時間もらえる？」


夏夜がこの部屋を飛び出して数時間が経つが、僕は一歩も動けないでいる。オムライスをこのままにしておくと、惨《むご》たらしく放り出された自分を見ているようで居《い》た堪《たま》れなくなったので、スプーンで一破片《かけら》ずつ丁寧に拾い集め、時間をかけて胃酸で溶葬した。

心当たりはないものの、どうやらこのミステリーの中では自分が犯人としてスポットライトに煌々《こうこう》と照らされているらしい。事件の内容も、関係者も、トリックもわからないままではあるが、自分が犯人であることだけが確定しているミステリー。ホームズ、ポアロ、デュパン、君たちでもきっと解明できないだろう。悪手ではあるが、僕が二重人格設定で、知らぬ間に夏夜へ暴言を吐いていたとかでないとお話が成り立たない。そんなふざけた考えで自分を正当化しようとしている間に、時計の針は二本揃って真上を指した。なんの解決もしていない僕を置いて、一日はまたリセットされる。夏夜の怒りもゼロを指してくれていればいいのに。
換気扇の音に耳を澄まして無心になっていると、一通の連絡が入る。

椎子『明日は何時くらいにうちの前通るかしら？　加湿器、お願いしたくて』0:01

確か明日の廃品回収のルートでは椎子さんの家の前を通る予定はなかったと思うが、ひとつでも回収できる品は多い方がいい。

アタロー『通りますよー！　多分十四時くらいに。次は加湿器ですね。またほとんど使ってないんじゃないですか？』0:04
椎子『お部屋に置いてみたらなんか違ったの。そういうのばっかりで困るわ』0:05
アタロー『毎回、メルカリとかに出せばいいのにって思ってます』0:07
椎子『そういうの疎くてわからないのよ。やりとりとか面倒だし……アタローくんの方が便利よ』0:08
アタロー『僕みたいな貧乏人にはわからない世界の話ですね。十四時頃伺います。おやすみなさい』0:09
椎子『おやすみなさい』0:09

スマホをソファにポンと放り投げて暖色の蛍光灯を見上げる。今日は夏夜におやすみなさいと言えなかった。明日はおはようと言えるだろうか。
ちゃんと帰り着けたのか、それともはたまたどこかへ寄り道しているのだろうか。電話をかけて確認すればいいものを、ただ単に謝ってしまっては余計火に油を注ぐことになる。正解がわからないまま電話をかけてしまうのはあまりにも危険だ。あれやこれやと思議している間に夜は更ける。重苦しく帳《とばり》の下りた宵闇《よいやみ》、ある最悪な閃《ひらめ》きが僕の脳を全速力で駆ける。

——夏夜が僕のスマホの中身を覗いていたとしたら？


椎子さんに出会ったのは二ヵ月前、吐く息が白くなってきたと認知した日のことだった。

その前日も、僕は夏夜の怒りを買っていた。たしか、風呂場を掃除する際に、夏夜のクレンジングオイルをいつもと違う棚に置いたことが原因だったはずだ。

「他の誰かを家に上げましたか？　その人にクレンジング使わせたんじゃないですか？」

夏夜は泣きながら訴えてきた。僕は誰が見ても狼狽していたと思う。図星だからではなく、そんな傍若無人な容疑をかけられたことがこの人生でなかったため、反論する語彙を持ち合わせていなかったのだ。

「水垢を洗い落とすときに移動させたんだって！　見て！　この棚、水垢一切ないでしょ？」

キュコキュコと指で擦りその棚の美しさを主張したが、一切聞く耳を持たない夏夜は暴論を吐き続ける。

「どうしてそんなに隠すんですか？　他に女がいるなら素直に言えばいいのに」

「勝ち目ないよ……そんなの疑った者勝ちの勝負じゃないか。何がそんなに不安？」

「だって昨日アタローさん、二十三時以降に返信来なくなりました」

「寝てたからね」

「アタローさんが二十三時に眠るわけないです。いつも明け方までだらだら起きてるのに。誰か呼び込んでたから返信できなかったんですよね？　お風呂場に長い髪の毛が落ちていたら困るから入念にお風呂掃除したんじゃないですか？　いつも汚いのに今日に限って綺麗になってるのおかしいです」

どんどんと視界が狭くなっていく。自分が何で疑われているのか、なぜこんなにも信じてもらえないのか、懊悩《おうのう》するほかなかった。

「いくらでも疑ってくれていいから……何をどう探ったとしても、僕が家に誰かを上げた事実なんか出てこないよ。今日はもう疲れたから事務所で眠る。おやすみ」

ディスカウントストアで買った一九八〇円の防寒ジャンパーに袖を通し、自宅を出て行こうとすると夏夜は叫び出した。

「アタローさん！　アタローさんってば！　戻って来てください！」

もうどうとでもなれ。面倒臭い。声に反応することなく玄関を足早に飛び出し、事務所へと走った。夜に浮かぶ光が視界の端をビュンビュンと線になって通り過ぎていく。メロスは友人を救うために走ったのだろうが、僕は恋人から逃げるために走った。なんと無様《ぶざま》で恥の多い生涯なのだろうか。安手のジャンパーはびゅうびゅうと隙間風を迎え入れる。居酒屋のキャッチをしているチャラチャラしたお兄ちゃんたちが着ているダウンは一五万円以上するらしいと、オダさんから聞いたのを思い出した。身も心も、そして財布までも冷え切ったまま事務所の階段を上った。


事務所で目を覚ますと、夏夜から一六回もの不在着信があったことに気づく。

ＫＡＹＯ『強く責め立ててごめんなさい。不安になってぶつけてしまいました。夜ご飯一緒に食べましょう。ご飯作って待ってます』6:38
一六回の不在着信のあと、一通メッセージが残されていたが、返信をする気分にもなれず電源を切った。

「壊れていても構いません。安心、丁寧、低価格。ご不用になった家具家電、回収いたします」

軽トラに備え付けられたスピーカーから宣伝文句を延々と垂れ流し続ける。取り付けられたスピーカーも、製造されたときには、一生この文章しか発せないことになるとは思ってもみなかっただろう。僕は片耳にイヤホンを挿し、仕事に支障を来《きた》さない程度の音量で、動画サイトに違法にアップロードされた芸人のラジオを聴いている。

工夫なく努力もせず、ただ昨日抱いた負の感情を綺麗さっぱり洗い流そうと無心で住宅街を徐行していると、少し先に女性が両手を振りながら立っているのが見える。


それが椎子さんだった。


ダークブラウンに染まった長い髪は北風に揺られ、柔らかくそよいでいた。少し黄色がかった肌、ツンと伸びた鼻先はピンクに染まり、確実に僕よりは歳上のはずなのにあどけなさを感じさせる。軽トラを降り駆け寄る数秒、この人は〝私のことを注意深く見るように〟と促す、蠱惑《こわく》的な引力を持った人……。

この数秒間、僕は夏夜のことを忘れていた。忘れていたことを思い出して、不意に動揺が襲う。瞬間、木枯らしが道端に纏めてあった落ち葉を噴き上げ、小さな嵐を生んだ。

「わ、ちっちゃい竜巻ですね」

僕が彼女にかけた第一声はなんとも気の抜けた一言だった。

「塵旋風《じんせんぷう》っていうんですよ〜。真ん中に入りたくなりますよねぇ……なりません？　私だけかなあ？」

語尾がだらっと伸びて会話のテンポ感の主導権を握られそうになる。小首を傾げ、塵旋風の行く先を見つめる彼女の顔をじっと眺めていると、二メートルと離れていない僕に向かって小さく手を振って見せる。

手を振られたことでハッと我に返る。五感だけ異世界に連れ去られたかのような特別な違和感に包まれる。

「この地域で廃品回収をしております、エコジャン株式会社の五味と申します」

「ゴミさんっていうの？　ゴミ回収屋さんのゴミさん？　芸名？」

「芸の無い人間なので、芸名ではありません。本名で五味です。名前は熱いに太郎の郎でアタローと申します」

端の折れていないなるべく綺麗な名刺をポケットから生身で差し出す。年季の入った黒革の名刺入れからサッと取り出せるような男になりたかったものだ。

「アタローくん。珍しい名前ですねえ……私、椎子です。A、B、Cのしいこです」

名刺を渡したその左手の薬指に、燦然《さんぜん》と耀《かがや》くリングを見た。なぜだろう。僕はその刹那、手のひらがジュワッと汗ばむのを感じ、作業着の裾で隠すように拭いた。湿った手のひらの側を風が通り抜け、心地悪い寒気を覚える。

「C子さん。どうも。回収できそうなお品物ございますか？　家具家電、車に載せられるサイズのものであればなんでも回収いたします」

「ひとりがけのソファなんだけど、少し重くて……おうちから運んでくださるかしら？」

「もちろんです。お運《はこ》びいたします！　おうち、すごいですね……門構えから立派で……」

邸宅と呼ぶに相応《ふさわ》しい和の精神性を主軸とし、和魂洋才の佇まいをした立派な家に彼女は住んでいた。玄関だけで僕が住む六畳の部屋よりも広い。奥からボルゾイが白い体毛を揺らしながら「いらっしゃいませ」と言わんばかりに駆け寄ってくる。ボルゾイ未満の生活を送る僕は、彼に「可愛いね」などと人間然として触れてはいけないランクの生き物な気がして小さくお辞儀をしてしまった。犬にお辞儀をしたのは初めてだ。

「あらアタローくん、礼儀正しいのねえ。ジョセフもこんにちはって言って」

バフ！　と重さのある返事は「振る舞いを間違えるんじゃねえぞ」と僕の胸ぐらを掴むような圧があった。なんて情けない人間なんだ僕は。ついこの前も「僕は犬未満か」と感じる日を過ごした気がする。全くもってもう、こんな人間になるはずじゃなかった。

「こっちの部屋の、あのソファなんだけど、大丈夫そう？　アタローくんあまり大きくないけど、ひとりで持てる？」

「持てます。ソファすらひとりで持てないような男になってしまったら、僕は僕を許せなくなります」

「はあ……何かいろいろ事情がありそうねえ。いいわね、男の子って感じがして」

その言葉が指した〝男の子〟は、僕が二度と出会うことのないよう心の奥底に砂をかけて埋めた自尊心というやつを掘り起こした。そうか、僕はそこらの男の子か。少しばかり最近、調子に乗っていたんだな。僕はたかがそこらの男の子なんだから、虚勢を張って夏夜より優位に立とうだとか思うのはよしておこう。仕事が終わったらすぐに連絡をしよう。

ソファを軽トラの荷台に載せると、先程よりも空気は湿り気を失い、鼻の奥へ冷気が潜り込みくしゃみが出た。

「大丈夫？　寒いからね、お仕事気をつけてねえアタローくん」

「椎子さんって、人との距離感バグってますよね」

「そお？　馴れ馴れしかったかしら……寂しがりが出ちゃったのかも。ごめんねえ嫌な思いさせてたら」

知っている。その顔は自分が悪いと思っている人のする顔じゃない。自分を落として見せてそんなことないですよって言われ慣れてきたんだろう。僕はこの人のことが苦手だ。

「旦那さんから怒られませんか？　他の人と距離が近いよって」

久しぶりに、意図して人へ悪意を向けた。悪意とバレない程度に緩衝材を巻いて向けた。

「旦那……結婚してる話したっけ？」

やけに高そうなモノがくっついた薬指を指す。

「ああ、これ。首輪みたいなものね……ジョセフと一緒。あのおうちから出られないようになってるの。ある距離までフラッと逃げようものなら、ボン！」

僕の目の前で握りしめた拳を勢いよくパンッと開き、火花が散る様を模すようにして指先をひらひらと舞わせる。

「愛されてるじゃないですか。強めの束縛？」

「愛じゃないよ。アタローくんがいろいろ抱えてるみたいに、私にも事情があるのよねえ」

「じゃあ、椎子さんも女の子ですね」

「ふふ。そうね、女の子かもね」

いぇい、と爆発装置付きの左手を僕に向けて掲げ、ハイタッチを促す。僕はいとも簡単にその誘いに乗り、空で乾燥した音をパンッと鳴らす。

「私とアタローくんは仲間だねぇ」

「そういうとこですよ。初対面十五分の男に向かって仲間だなんて。おかしいですよ」

「冷たくしても無駄だよー？　たまに楽しくお話をする、その場所から動けない女友達ができたってことにすればいいいじゃない。アタローくんに害はないでしょ」

「友達に男、女って冠をつけだしたら、その時点で友達じゃないんですよ」

「可愛いねぇ必死になって。偉いよー！　もうこの歳になってお友達なんてなかなか増えないの。人助けだと思って、ねえ？」

「いやいや、あんま歳変わんないでしょ」

「アタローくん何歳？」

「二十七です」

「わあ！　干支一緒じゃない？　うまどし？」

「はあ!?」

ここ十年間で一番大きな声が出た。自分がこんなに大きな声を出せることをすっかり忘れていた。どう考えても揶揄われているようにしか思えない。それほどに若く見える。異様に肌が若く、その潤いや透明感は化粧水や乳液がどうのこうので漸《ようや》く取り繕うことのできた代物ではない。天性の肌質なのだろうか。

「……嘘ついてません？　干支一緒だねー、十五歳だよーみたいなボケだったりしませんよね？」

「一九七八年の十月二十三日生まれだよー。もう最近ね、おしりが下がってきちゃって……トレーニングに必死。若さ保つのに必死になる、っていう趣味をやってる。暇だから」

「ちょい上だろうくらいに思ってました……歳上の旦那さんに見初められて若くして結婚したんだろうな、チート人生だなって思ってました」

「若く見られるのは嬉しいことねえ。YUKIちゃんとか、永作博美さんみたいに歳重ねたい。旦那は私の十五歳上でねえ。お金持ちなのは……そうね、私のおうちも旦那のおうちも元々お金持ち！　私は、よそのお金持ちに出荷するためだけに育て上げられた人間だから。大成功人造人間ね」

僕は一瞬の表情の曇りを見逃さなかった。が、あえて見ないことにした。僕が迂闊《うかつ》にその曇りの奥にある深淵《しんえん》を覗くには、あまりにも経験が足りていないように感じた。

「あ、アタローくんに面白いモノ見せてあげる。……これ」

椎子さんは薬指の指輪をゆっくりと抜き取った。ピンと揃えた指先から中指をそっとずらすと、薬指の付け根にはタトゥーが彫られていた。実年齢で驚嘆のピークを迎えていたので、終わり際のジェットコースターくらいの驚き方しかできず、椎子さんは少し残念そうに口を窄《すぼ》めた。

「私みたいな見た目の人間にタトゥーが入ってるの、面白くない？」

「なんか……変に客観視してますよね、自分のこと」

「主観じゃやってらんないよお。こんな人間」

「あー、わかるかもです。それは」

「はい、じゃあやっぱり私たちお友達ね！　たまにこの道通ってよお。うち要らないものたくさんあるのよ。お仕事しに来てー」

無理に口角を上げて表情だけで返答をしてみた。椎子さんは僕を真似して歯を剥き出しにして見せる。

僕はちゃんと、椎子さんのことが苦手だ。旬の果実の様な美しさを提げて、名家に生まれ、富豪に嫁ぎ、僕で暇潰しをしている。おまけに自分の誕生日を指に彫る自己顕示欲もしっかりと持ち合わせている。僕にないものを網羅して持ち合わせている。人としての差分が如実に感じられる彼女のことが苦手だ。夜も朝も、苦手だなと思い出すくらいには苦手だ。ああ、とっても苦手だ。

帰宅してからの夏夜は昨晩とは人が違ったように優しくて、臨戦態勢で玄関の前で深呼吸をした自分が恥ずかしくなるほどだった。

「昨日は変な疑いかけちゃってごめんなさい」

「ううん、大丈夫。でも無実の証明って難しいから。悪魔の証明って名前つくくらいだし。帰りの電車の中でも考えてた。今僕が痴漢に間違われたらどうしようって。やってない、やってない、って否定しても『お前、俺の彼女のケツ触ったじゃねえか！』って男女二人組に冤罪ふっかけられたら、どう無罪を主張するかな……って」

「嫌な思いさせましたね。ご飯冷えちゃったかもなんで、温め直してきます」

「このまま食べよ。待っててくれてありがとう。ひとりで食べる温かいご飯より、ふたりで食べる冷めたご飯の方が美味しいよ」

夏夜の口元が少しだけ綻《ほころ》び、僕らは事なきを得た。


椎子さんとの邂逅《かいこう》を思い出すと共に、指の先を紙で切ったような痛みを覚える。

ダークブラウンの長い巻き髪と、おおよそ三十九歳には見えない良く言えば若い、悪く言えば垢抜けない顔立ちをアイコンにしているのが椎子さん。毎度回収日の前日に入る連絡を夏夜が見ていたとしたら……？

であれば、どんな女がタイプなのかを執拗に確認してきた理由も合点がいく。僕からの返信が遅くなるということは密会しているのではないかとの疑いから、ひとりで居ることがわかる写真を送らせて確認しようとすることも理解できる。

人生で初めてのことだった。抜かってしまった、という意識はない。後ろめたいことは何もないからだ。椎子さんからは毎度きちんと廃品を受け取っている。巨大な花瓶、昨年式のファンヒーター、パキスタン製の高級そうな絨毯……回収して、軽トラの荷台に載せて、そこで何分か立ち話をしているだけだ。

椎子さんが花道、馬術、ゴルフ、書道を習っていたこと。歳の離れた双子の姉がいて、ダンサーと舞台女優をやっていて未婚だということ。濾過《ろか》しても何も残らないような、僕の人生に関係のない情報が毎週トピックスとして入ってくる。

——早く会いたいよ。次はいつ会えるの？

——椎子さんのことを思うと夜も眠れないよ。

——ああ椎子さんが結婚していなければな。

なんてそんなトレンディドラマ全盛期に流行ったような気色の悪い連絡など、一切したことはない。早く会わずとも毎週会っているし、夜は早く寝て朝はなるべく長く寝ていたい。結婚云々には椎子さんだろうが誰であろうが興味がないし、旦那さんの存在を知って尚、不倫を持ちかけるほどバカでもない。

だから疑われるだけ災難なのだ。こんなにも潔白で、とっている連絡を見せたとしてもすべて無実だと言い切れる。が、無実の証明が難しいことも知っている。とりあえず三日ほど時間を置こう。今返事をしても手立てがないし、火に油を注ぐだけだ。向こうも落ち着いたらまたすぐに連絡をしてくるだろう。

「て感じです……椎子さんだったらなんて連絡来たら許せます？　許してもらうっていうか、僕はなんもしてないんですけど」

「ん、それってまだ彼女がスマホを見たって確定したわけじゃないんだよねえ？」

「そうですね。まあ……でもそれ以外考えられないっていうか。『自分で考えてください』って無理ありません？対象の本はなんでもいいから読書感想文書けって言われて、『ウォーリーをさがせ！』を読んでそれぞれのページのどこにウォーリーがいたかを記入して出したら怒られた、みたいなことになりそうで」

「それはアタローくんの実話？」

「十歳の頃のアタローの実話です」

「ああー。アタローくんって性格悪いんだねえ。ふふふ」

これまたワンシーズンしか使っていないように見受けられる加湿器を荷台に載せ、相談に乗ってもらっている。昼下がりのワイドショーで見るようなくだらない下賤《げせん》なトークテーマと変わらない内容で正直恥ずかしいことではあるが、自分の脳だけで考えるのには些か限界を感じていた。

「正直ね、『僕はバカだから考えたけどわかんないよー！　でも嫌な思いさせたんだったらごめんね！　教えてほしいよー』ってへこへこするのが無難だとは思うんだけどねえ……」

「……かっこ悪さ全開ですね。それは言えないです」

「アタローくん、自分で自分のことバカにするの苦手そうだもんね」

「なんですかその見透かした感じ。気分悪いなあ。タバコ吸っていいですか」

「吸っていいですか、って言いながら咥えてるじゃーん。もうー」

椎子さんが僕の肩をぱちんと叩く。こういうなんでもないスキンシップの多い人が、きっと世間的に言う〝モテる人〟なのだろう。僕は苦手だ。

「サントメ・プリンシペ民主共和国って知ってる？」

タバコの煙の行方を追いながら、僕は首を横に振った。面倒臭そうに映っただろう。

「大半の人知らないからね。私も元カレに教えてもらうまで知らなかった。世界で一番知名度の低い国なんだけど。知らないってことは、今の今までアタローくんの世界の中に存在していなかったってことでしょ？　必要だと思わなかったから、出会わなかったわけでしょ？　でも普通に生活できてた。恋人と付き合う上でも一緒だと思うのよねえ。節度というかルールみたいな『知らなくていいことは知ろうとしなくていい』っていうのがあるはず」

「……なんで椎子さんってそんなにちゃんとしてるのに、普段バカそうに見せてるんですか？　バカにされるのが好きなんですか？」

「好きかも。人にナメられてると安心する」

えへへと身体を揺らして笑みを浮かべるこの人は、僕が僕という人間じゃなかったら、きっとすぐに手を出されていたのだろう。

「人はね、下に見ることが出来る人間のことが大好きだからね。私のこともすぐに大好きになってくれる。好きでいてくれるなら、いつでも下になってあげる。見下して見下して！　気持ち良くなって！　にこにこしてて！　って思って生きてる」

「僕も、椎子さんのこと下に見てそうですか？」

作業靴の踵《かかと》でタバコの火を消した。

「アタローくんは、どうだろうね。人を下に見ることよりも、見上げることで安心してそう。手を伸ばしても届かない世界の話になんて興味を持ったってしょうがない、って顔してる」

「図星です」

「そういうところが可愛いねえ」

僕の前髪をわしわしと散らして茶化してみせる。

「ツツジって書けます？　漢字で。あ、ちなみに知ってます？　ツツジがどんな花か」

「知ってるし書けるよ。書道習ってた人間の漢字の網羅率ナメちゃダメだよ」

僕に手のひらを差し出させ、〝躑躅〟と人差し指を筆のように使って書く。見えはしないのに、トメハネハライが美しい〝躑躅〟が完成した。

「ナメられるの好きって言ってたのに。漢字は得意だからナメられたくない？」

「得意なこととか、好きな花のこととか、ちゃんとそこは守っていたいのかも」

「待って。椎子さん、ツツジ好きなんですか？」

「一番好きなお花だね。お花はどんな子も好きだけどねえ。でも花言葉は嫌い。勝手に意味とか付けられて、したり顔で渡されちゃたまったもんじゃないわ。『私の意味は〝失望〟です』だなんて言わなきゃいけない日には……オジギソウだって咲かなきゃよかったって思うよ」

「……そうなんですね。なんか見る目変わりました」

僕の一番好きな花だということは明かさずにいた。好きな花の名前を明かしてしまっては、堰《せ》き止められていた岩がごろごろと谷底まで転がっていってしまうようで、臆した。

「ちょっとは好きになった？」

「好きには……ならないですね」

「うわあ、残念だなあ」

シュン……とわざわざ口に出してベソをかく表情をするところが、絶妙に三十九歳を感じさせてくれて安心した。


「もしもし」

「もしもし、今話せる？」

「話せます。どうしました？」

三日ぶりの夏夜の声は、未だくぐもって聞こえた。

――どうしました？　じゃないだろ。夏夜がどうかしていたんじゃないか昨日まで。さあ、あなたのターンですよみたいにボールを渡されても困る。

しかし、あたふたしている場合じゃない。

「怒らせたこと謝ろうと思って。率直に言うけど、夏夜ちゃんがなんであんなに怒ってたのか正直わかってない。わかってないけど、不快にさせたことは謝りたいと思ってる」

「その日の分の怒りは落ち着きました。でもあの日、追いかけて来てくれなかったことには少し怒ってます」

「次は追いかけるから。ごめん」

「違います。家から出て行ってやる！　って思わせないような振る舞いをしてください。上手に機嫌取ってください。これやったら困るかもな、悲しむかもな、って頭で考えながら暮らしてください。私のことを一番に考えて生活してください。私ももちろんそうします」

答えを言えよ、と詰め寄ろうとしたが、やめた。ここにきて人生の負け癖が遺憾無く発揮されている。もういい。自己との対話だったり、夏夜のことで頭を巡らせたりするのに疲れた。僕が何かしら悪かったのだ。次また夏夜の怒りを買ったら、そのときもそのときで精一杯夏夜のことを考えるから、今日のところは一区切りつけたい。

「はい。夏夜ちゃんを不快にさせないように気をつけて生活する。でさ、鍋食べたいんだよ、鍋」

「でさ？　鍋？　全然繋がりが見えなかったですけど。ひとりで食べればいいじゃないですか」

「一人用鍋は買ったよ。一人用鍋キューブも買った。でもひとりで鍋を食べたあと、どうせ夏夜ちゃんのこと思い起こすんだろうなと思うと食べられなかった」

「私もっとマシな料理作れますよ？　なんのために料理教室通ってると思ってるんですか」

「料理教室通ってるの知らなかった」

「アタローさんに美味しいご飯作りたいなって思ったんですよ」

「……鍋、やめてもいい？　なんか作ってくれたりする？　ごめん、こんな立場で言うのもなんなんだけど」

「……アタローさんってダサいですよね」

「ダサいよね。わかる」

「ご飯作ってあげるので、おとなしく今日は早く家に帰って来てください」

今の自分はダサい。ダサいところを見せられるようになってきたという、少しばかりのありがたさが感情として生まれてきた。生まれたての感情なので、首が据わるまで大切に大切に育てたい。

三七兆個の細胞が夏夜へ向けてスタンディングオベーションを贈っているような感覚に陥るほど、いつの間にか僕は心酔していた。いや、夏夜が僕に浸水してきたのが正しいのか。

口々を過ごす中で僕のできないことを当たり前のように夏夜がやってくれている。ひとりでいると餌のような食事しかしない。もやしに醤油と味醂だけかけて、チンしたレトルトご飯に載せて食べる。もやしの使い勝手の良さを語ると、夏夜は笑っていた。

「もやしはいいですよね。醤油かければ美味しいし、バターでくたくたにしてもいい、ナムルにもできる。羨ましいです、もやし」

と笑っていた。もやしを羨ましいという夏夜は美しかった。

肉や魚は調理の仕方がわからないので買わない。スーパーのお惣菜コーナーで二十時三十分に貼られる五〇パーセント引きのシールを待つ忍耐力もなく、今日は水だけがぶ飲みして眠ればいいかと諦めて帰宅する。これではドリンク剤だけで生きていけると思っていた先生のことを笑うこともできない。

そんな色のない生活の繰り返しの中で、夏夜は僕に毎晩ご飯を作ってくれる。朝ご飯の味噌汁の具材は週七日間、すべて違うものが入っている。豆腐と厚揚げをベースに、玉ねぎ・シジミ・海苔・あさり・茄子・筍・わかめが代わる代わる主役を務める。

――男を落としたければ胃袋を摑め。

とある時代によく言われたような、ありきたりな恋慕《れんぼ》ではない。夏夜の前で倒れ込んだあの日から、僕の命は夏夜によって繫ぎ止められている実感があった。

偶然によって恋は生まれ、感謝と尊敬によって恋心は育つ。恋はできても、恋心を育てられないまま〝大人〟

と呼ばれる年齢になった僕には、まさに青天の霹靂《へきれき》だったのだ。

だからこそ、僕の失態によって夏夜が不機嫌になることなどあってはならない。僕のような人間が、僕に優しくしてくれる人間に横柄に振る舞ってしまっては、この世界の倫理に反してしまう。倫理に反してしまった者同士が多くを巻き込んで戦争を引き起こしてしまっていることもまた、勉強をしてきたことで身につけた知識だ。勉強ができる能無しでよかった。そんなせめてもの意地で、なんとか僕は暮らしている。

腹筋ローラーを買ったら腹筋が板チョコになるわけではない。圧力鍋を買ったら料理が出来上がるかといったら違う。プラス努力だ。腹筋バキバキにするには「もう無理」と嘆きながら追い込んで筋肉痛を伴う過程が必要だ。料理を作るには、材料を買って運んで洗って剝いて煮込んでその間に皿を洗って、その工程が必要だ。きっと交際するにも原理は同じで、恋人になれば幸せになれるなんて考えるのはどうかしている。痛みを伴い、プライドを折ることでやっと醸成されるものなのだろう。

夏夜はいつだって繊細で美しい。骨の形のよくわかる肩だったり、透けて向こうが見えてしまいそうな肌だったり、風呂上がりなのに冷え切っている手足だったり、いつだって美しい。ベッドサイドの照明が、滑らかにジェルでコーティングされた夏夜の爪に反射して輝く。ウニの軍艦の上にキャビアを置いたような、贅沢の重ね塗りに見えて、あまりに美味しそうに煌《ひか》るのだ。キャビアを食べたことはない。美味しいらしいということだけは知っている。


四月。毎年思うことがある。東京以南の地域では、色づいた花が地面を桜色に染め、ほぼ葉桜に姿を変えている。だのにカレンダーの四月に添えられる写真は満開の桜だと相場が決まっているのはなぜだろう。桜に群がった黒山の人だかりは、四月の半ばになるとそれが桜の木だったのかどうかすら忘れたように、忙《せわ》しなく素通りしている。

僕は相も変わらず、度々夏夜に訪れる理由の知れぬ不機嫌を恐れ、息を潜めるようにして過ごしている。そこにある愛も変わらず、ただひたすらに夏夜の表情を見つめながら、機嫌を損ねないよう「ごめん」を口癖に日々を暮らしている。

しかし、そんな執行猶予のような生活は様変わりすることとなる。

二時十五分。まさに丑三つ時。情事を終え、シャワーを浴びる気力もなく薄く湿ったベッドにふたりで横たわっていると、心音しか響かない真っ暗な部屋に一閃が灯る。僕のスマホだった。夏夜は一度、枕から首を上げその光を見つめたが、すぐに倒して眠ったふりをした。しばらくしてスマホは低い地鳴りのような音を連続して発した。こんな時間の着信に、いい予感などひとつも持てやしない。絶対に出たくない。空気を読まずどくどくと鳴る心臓の音が、夏夜にバレてしまわないように、必死に呼吸を整えた。

「アタローさん、電話鳴ってます」

絶対に出たくない。

「ん……いいよ。こんな時間にかけてくる非常識な電話、出なくていい」

眠い目を擦《こす》って見せる。死んでも出たくない。

「アタローさん？　電話、出てください」

首元に両手が巻き付いてくるような言葉尻の強さだった。それでも、決してこの電話には出てはいけないような予感があった。

「アタローさん！　早く出て。スピーカーフォンにして出て」

命令に背《そむ》くことは出来ず、着信が切れてくれることを願いながら、できるだけ気怠そうにゆっくり筋肉を動かす。切れてくれ。切れてくれ。受話したとしても、絶対に間違った一言を吐かないでくれ、と祈るしかない。

画面に表示されたのは、アルファベット一文字。

――k？　誰だ？　k？

『もしもし……？』

頼む。誰だろうが構わない。お願いだから変なことだけは言わないでくれ、と祈ることしかできない僕は、あまりにも無力だった。

『アタローくん！　出てくれたの嬉しい。今からおうち来てくれないかなーと思って。タクシー代出すからー。……今日ねストーカーに付き纏われてめっちゃ怖かったんだよー』

思考がブチリと断線した。考えられる中で最悪の文字たちが、狭苦しいワンルームにふわふわと漂っている。

言葉を返せずにいると、電話口の向こうでは、

『アタローくん？　私だよー。貴美子《きみこ》だよー。忘れちゃったー？　あれー？　おーい』

と言葉を続けている。そうだ、貴美子だ。僕が名前の由来を説明したときに
――私なんて貴族のように美しいで貴美子だよ？　似合ってなさすぎでしょ？

と自嘲した長い黒髪の女が思い浮かんでくる。昨夏、夏夜に出会うよりも前のこと、暇を潰し合っていた子だ。じんわりと背中に汗が流れる。「お前の背中に今、視線が刃物のような鋭さをもって突きつけられているぞ」と教えるように汗の玉が繋がって大きな塊となり、ゆっくりと背骨を伝って降りてくる。

いっそ僕の頸動脈を搔っ切ってくれればいい。この通話を終えてから朝方まで謝り続ける方が酷だ。いや、朝方というのは希望的観測だ。夏夜を失う羽目になるかもしれない。口籠《くちご》ること数秒、持てるすべての語彙を手繰り寄せ放出する。

『今、恋人と一緒にいるから、そういう連絡迷惑なんだ。今後電話かけてこないで。じゃあ』

貴美子の応答を待たずして終話ボタンを押す。頭の中に浮かんだのは、何よりも夏夜を優先すること、相手を気遣うような素振りを見せないこと、「ごめんね」「またね」「おやすみ」といった言葉たちは使用しないこ

とくらいだった。

最初にかけるべき言葉が浮かばないまま、できるだけゆっくりと、時間をかけて夏夜の方を振り向く。最初の一言はなんだ……どんな言葉がナイフとして投げられる？　それともこちらから何か発すべきか？　僕に過失はない。過失はないのか？　今現在はなんの関係性もないにせよ、夜中の着信を許すような曖昧な状態でいたのは過失か？　シナプスを経由する情報量が著しく低下しているのがわかる。考えるふりをしながら僕は何も考えられていなかった。気まずそうな顔を保ったまま、夏夜を見つめるだけ。夏夜がそっと口を開く。飛んでくる。構えて守らなければ、即死だ。

「モテるのも大変ですね。でも夜中に電話かけてくるような女は、アタローさんに似合わないですよ。寝ましょ？　抱っこしてあげます」

考えうるすべてのプランを覆された。夏夜は僕に優しくしてくれた。うん、と答えるだけ答えて、夏夜の腕枕の中で眠った。畏怖と敬愛の間をメトロノームのように揺れながら、僕の心臓はドクドクと激しい音を立て続けていた。

「ねえアタローさん。私が死んじゃったら、どうしますか？」

胸に顔を埋《うず》めていたから、夏夜がどんな表情をしていたかは知れないが、その顔を僕が見つめることは赦《ゆる》されないような気がした。関節技を決められたように言葉を発せなくなる。けれど精一杯絞り出す。

「……いやだ」

「そうですか。わかりました」

それから一言も交わさないまま、床に就いた。張り詰めた緊張が静寂にキンと響く。寝息は聞こえてこない。僕と同じように、いやそれ以上に速く鳴る夏夜の鼓動に気づきながら、僕は耳を閉じて眠った。


翌朝、そこに夏夜の姿はなかった。

裾の足りていないカーテンの隙間から朝陽が差し込む。夏夜は帰って来ない気がした。

部屋はある程度片付いていて、物音に気づかず眠りについていた自分の太々《ふてぶて》しさを痛感する。不思議と寂寥感はない。スマホに連絡が入っているわけでも、部屋のどこかに置き手紙があるわけでもなかった。

このままエンドロールが流れて照明が明るくなったとして、僕はレビューサイトに星何個つけるだろう。

夏夜は昨夜、怒りをグッと堪《こら》えたまま、何も言わずに僕を抱きしめて眠ってくれた。それなのに夏夜が姿を消した今、急いで電話をかけたり、このまま仕事をサボって夏夜のいるところまで走り出す果敢さも持ち合わせていない。僕はといえば卑怯で傲慢で可愛げも持ち合わせていない。

久しぶりに朝ご飯を食べずに出勤する。昨日と同じアウターを着て家を出ようとすると、ポケットにコンビニか何かのレシートが入っているのを指先で感じ、イラッとしてくしゃくしゃに丸めて歩道の緑の中にオーバースローで投げ捨てる。

何も意識することはない。一時停止していた夏夜に出会う前の日々を再生するだけ。

こんなとき、おっちゃんは勘がいい。

「ごみくん、今日は調子悪そうやね。彼女にでもフラれちゃったか？」

ぐぁっはっはと銀歯の見える口を開いて笑って、ずばりど真ん中を撃ち抜いてくるあたり、おっちゃんの人《ひと》誑《たら》しの素質を見た。

「フラれたかもしれないです」

「お、やっぱりか。見る目があるだろおっちゃんは。若者の悩み事は恋か金と相場が決まってるからな。二分の一で当たるんだよ」

「恋人は朝起きたら姿消してたし、財布もずっと空っぽですよ。今日からまたもやしだ……もやし一番安いスーパーどこでしたっけオダさん」

「六丁目のたまや」

「肉のハナマサ」

「冷蔵庫に入ってるよ」

三人のオダさんが一斉にこちらを向いて返答をしてくれる。

「え？　冷蔵庫入ってるのもらっていいんですか？」

「いいよー。俺今ダイエットしててさ、ポテチやめてもやし炒めにしようかなと思って」

事務所にはコンロがあり、各自調理をすることができる。ホワイトで自由な職場だ。

「お、じゃあ僕、今日ここでもやし炒め食って帰ります」

「ごみくん、早めに彼女ちゃんに謝ったほうがいいよー？　男がいつまでも意地張って、相手が折れるのを待ってたって、どうせいずれまた来るケンカのときに『あのときだってあなたは謝りもしなかった』って怒られるだけだよ？」

おっちゃんの言葉には、尻に敷かれ続けた重みが乗っていて、押し花の栞《しおり》に似た哀愁を感じる。

「……おっちゃん。『私が死んだらどうする？』って奥様に聞かれたことありますか」

うーん……と渋い唸り声を出し、腕を組んでこちらを睨《にら》む。

「俺はない。そんなことを聞くような関係性じゃないから結婚できたんだろうな。これは俺の一意見だ。家庭内で肩身の狭いおっちゃんが息巻いて言ってることだと思って気にしないでいてくれていい。ごみくん。『私が死んだらどうする？』なんて質問してくる女はやめときな。付き合ってても何度もごみくんを試してくるよ。しかもだ、毎度ごみくんを傷つけるような質問をしてくる。『私が浮気したらどうする？』とか、『私が他の人にキスされたらどうする？』とか。ごみくんの感情を揺さぶるために死や嫉妬心を引き合いに出すのは強欲そのものだ。ただ自分の欲のためだけに、ごみくんの心を消費しようとするからな」

「それは裏を返せば、僕が少しずつ、鰹節削るみたいに心を削ぎ落としていけば、恋人は満足してくれるってことですか」

「一時的に、やな。恋愛において〝完璧な満足〟ってのは存在せんだろ。『足りない』『もっと欲しい』『私だけを』そんな渦巻いた欲の中で、ごみくんがトドメを刺せるかどうかが鍵になってくる」

「難しいこと言いますね」

「簡単だったら誰も苦労しないだろうし熱中もしないだろうな。頭で理解できとっても心と体ではどうもできんことはある。自己犠牲はほどほどにな。廃品回収で働くごみくんがいなくなったら、もうこれ以上に面白い苗字はないからな！」

　また銀歯を見せて笑う。温かみを感じる銀歯もあるもんだなと感心する。

「てか気になってたんですけどテーブルの上の花束、どうしたんですか」

「娘の大学入学祝いだよ。若い女の子って花束もらって喜ぶと思うか？　ごみくんどう思う？」

「まあ、喜ぶとは思います。わかんないですけど。『なんだよ花束かよ』って言う子はいないと思います」

「そっか。まあでも、父親から花束もらって大はしゃぎする娘なんていやしないことはわかってんだ。だからほら、別でＡｍａｚｏｎギフト券も買ってある」

「おお、なんというか……秀逸ですね」

「親父自ら気を利かせたプレゼントなんて全部ハズレなんだよ娘にとっちゃ。最近じゃおじさん構文にも気をつけてんだよおっちゃんは。絵文字はつけない、『かな？』とか『なんちゃって』とか使わない、自分語りをしない、それと……」

「世知辛いですね、だいぶ」

「世知が激辛だよなあ。嫌われたくない、って願う側はいつだって弱いもんだよ」

　さっきまで豪快に笑っていたおっちゃんの銀歯は見えず、こちらまでしんみりしてしまった。でもおっちゃん、Ａｍａｚｏｎギフト券は相当喜んでくれると思う。いいセンスしてるって褒めてもらえると思う。おっちゃんは、良い父親だと思う。

そういえば、今日は椎子さんが毎週廃品を出す日なのだが、昨晩のうちに連絡が来なかった。いや昨晩に来なかったのは本当に不幸中の幸いとも言うべきか。もしそうなっていたらと考えただけで脂汗がドッと湧いて出た。

アタロー『今日二丁目の方回りますが、廃品ありますか？』10:08

椎子さんの存在を、心のどこかで当てにしていたのかもしれないことに気づく。僕は今、

――立ち話の種がある。

と思わなかったか？　どこまで狡《ずる》くて、はしたない人間なんだ。先生がこんな僕を見たらどう感じるのだろうか。あの世から見守っていてくださいとお願いしながらも、もう既に見放されているかもしれない。今この軽トラを飛ばして、夏夜の住むところへ、先生のいるところへ向かえば何か好転するかもしれないのに。

――家から出て行ってやる！　って思わせないような振る舞いをしてください。

夏夜と交わした約束が何度もリフレインして、その度に聞こえないふりをしようと、伸びをしてみたり、ペットボトルに口だけつけてみたりしている。逃げ癖は直らないまま、僕は大切なものを失おうとしている。

宵闇が街を覆う頃、スマホが鳴る。

椎子『アタローくん。わがまま聞いてくれないかなあ』17:56

アタロー『聞けるのと、聞けないの、あります』17:58

椎子『今日二十一時に、回収しに来てほしいの』18:00

アタロー『とっっってても遅いですね』18:05

椎子『お願い。いいところのご飯ごちそうしてあげるから』18:08

アタロー『行きます！』18:08

事務所に戻るとおっちゃんはいつものようにもうおらず、小田さんだけが残っていた。競馬新聞に赤鉛筆で

マークを引き、動画サイトを見ながら予想屋の解説に耳を傾けている。

「お、ごみくんおかえり。もやし、冷蔵庫にあるやついつでも使ってくれてええからね」

「ふっふっふ。小田さん、僕、今日いい飯食えるかもしれません……看板の出てない鮨屋とか、美人店員がいい感じに焼いてくれる暗めな個室の焼肉屋とか、とんでもない飯が食えるかもしれません」

「えらいご陽気やなぁ！　朝は青春ゾンビみたいな顔しとったのに」

「青春ゾンビ？」

「俺らみたいな、生きることに疲れてるゾンビと違うて若気の残ったゾンビのことや」

「いや僕ももう二十七なんで。しっかりめゾンビになれるように貫禄持って疲れるよう努めます」

「ははは。二十七の頃なんか俺、設定の悪いパチンコとスロットの台にグーパンしてたでな。それよかだいぶマシ。一生懸命疲れるのはええこっちゃ。んじゃ、お先上がらしてもらいますぅ」

　小田さんが帰ってから、しばらく時間を潰す。夏夜がいなくなったことを考えないようにしながら、結局もやしを醤油とバターで炒めて食べた。包丁で細切れにして少しでもご飯粒感を演出しようと思ったが、包丁がいつものところに置いていなかったので諦めてそのまま炒めた。この世のものは大体溶かしたバターを絡めて醤油をかければ美味い。肉の薄い夏夜の二の腕も、きっと醤油とバターをつければ美味い。

　あの薄い体に、今日は何を放り込んだのだろう。そもそも夏夜はひとりでいるとき、ちゃんとご飯を食べているのだろうか。僕は正直、一緒にいるときの夏夜のことしか知らない。知ろうと手を伸ばすと、スッと答えをズラされる。いつだって蜃気楼《しんきろう》には触れられない。

　夏夜が出て行ったのだ。夏夜の意思で、僕の前から消えたのだ。夏夜のいない生活としてではなく、僕が僕の生活を送ってもいいはずだ。


「廃品回収に参りました、エコジャン株式会社の五味と申します」

「一条椎子と申します。本日はよろしくお願いします」

「何を改まってるんですか」

「いやそちらこそ」

「僕は毎回丁寧に挨拶してるじゃないですか」

「マニュアル人間め。それよりどうー？　可愛い？　おろしたてのワンピース」

「ワンピース、可愛いです。スタイルいいんですね意外と。でも、その眼帯、なんですか。綾波コスですか？」

「私が守ってあげられるモノなんてなにもないよお」

「殴られたんですか？」

「ものもらいよ。ご飯何がいい？　中華でもいいし、割烹でもいいよ。美味しいところ知ってるから気にせず行こうー！　はいこれ、廃品」

話したくないのだろう。理由を知りたいのはただの僕の欲だ。知って満足して、そこから先、僕なんかに何ができる？　話を聞いて癒やしてあげる、だなんて考えられる傲慢な男にはなりたくない。

「プレゼントみたいに渡しますね、廃品」

「プレゼントだもん。開けてみて」

結ばれたリボンを解き箱を開けると、名前の読み方さえわからない洒落た瓶が、ふかふかの白いシルクの上で横たわって眠っていた。

「香水？」

「そう香水。アタローくんに似合うと思って」

「僕そんなにいっつも汗臭かったですか？　一応気遣ってるつもりではいたんですけど」

「もお！　いつも君は捻《ひね》くれてるね？　臭いと思ったことはないし、君の匂いを嗅げる距離に近寄ったことはないでしょ。いらなかったら捨ててくれていいよー」

「捨てないです。使ってみます。香水とかつけたことないからわかんないですけど」

「腰につけるとえっちな大人になれるよ」

僕は心の中で〝えっちな大人〟と反復したつもりだったが、

「そう。えっちな大人」

と椎子さんに繰り返されたので、おそらく口に出ていたのだろう。

「あらかじめ言っときますけど、僕が椎子さんに返せるものなんて何もないですよ。期待しないでください」

「こうやってかぼちゃの馬車で迎えに来てくれたじゃない」

洗車にすら行けていない煤《すす》けた軽トラに向けてふたつの手のひらをひらひらさせて囃《はや》している。

「汚れた軽トラです」

「アタローくん、私をここから連れ出して。今夜だけでいいから、お願い」

いつも◯・八倍速の動画を見ているのかと錯覚してしまうくらいおっとり話す椎子さんの鬼気迫る表情を初めて見た。面倒事には巻き込まれたくない。富豪相手に訴訟されても弁護士を雇う費用さえない。まあ、でもそれでもいいか。どうせ夏夜からの連絡はこないし、いつまで待っていればいいのかもわからない。

──あれ？　もしかしてまだ私と付き合ってるとか思ってます？　面白いですね
なんて嗤《わら》われているかもしれない。何も守るもののない人生は楽だ。何も叶わない自由の中で、夜を明かすことだけが得意になった僕だ。一晩くらい、コンビニの募金箱に釣り銭を入れるつもりでくれてやろう。

そうして僕は、生まれて初めて、助手席のドアを開け女性をエスコートするという経験をした。

「私、軽トラ乗るの初めて」

「僕も軽トラの助手席に女性乗せるの初めてです」

「アタローくんさ、私も廃品になったら回収してくれる？」

上向きに伸びたまつ毛が落とした影は、涙のように見えた。退屈で気持ちのやり場のない毎日を過ごす僕には、椎子さんが齎す穏やかな刺激さえ劇薬のように感じられて、ただの一錠たりとも手をつけるわけにはいかないと踏み留まらせる。返事はしないまま、指定された住所まで軽トラを走らせる。椎子さんと過ごす初めての無言の時間だった。夜中の湖に浮かぶような心地良さがあった。彼女にとって僕はただの業者で、僕にとってはただの顧客で、それら以外に僕らに冠する表現が見当たらないからなのかもしれない。
ただ、彼女が使う言葉は、妙に僕が好む言葉たちと似通っている。使う表現がしっくりきて、譬《たと》え話も水を飲んでいるかの如くするすると喉を通る。おそらくそれは椎子さんも感じていて、この感覚を持ってしまう自分に
――僕たち似てますね、だなんて一方的に思ってしまって恥ずかしい。
と感じさせない優しさがある。角のない柔らかな空気感に甘えるようになってきている自分に対し、見て見ぬふりをするようになっている。

辿り着いた先は港の夜景がいやらしく輝く縦に長いホテルだった。ホテルの駐車場へと向かうと、そこにはさらにいやらしい高級車ばかりが並んでいる。この洗車していない軽トラでアストンマーティンとベントレーの間に駐車するのは清々しい。負け犬にできる最高の報復だ。

「本当に鉄板焼きでよかったの？　六八階に美味しい中華屋さんあるよ？」

「中華は高校生の頃死ぬほど食ったんで大丈夫です。人に奢ってもらうなら、やっぱり肉か鮨に限ります」

地下一階の鉄板焼き。全席カウンターなのに、時間帯のせいか僕らしかいない。高そうな絵画にシャンデリア、鏡の壁面とやけに装飾が眩しく、萎縮するしかない。

「かんぱーい！　ありがとう今日は連れ出してくれて。アタローくんお酒飲みたかったよね、ごめんね」

「んんん美味いっすね……九〇〇円のリンゴジュースとか飲んだことないです。いつも事務所のウォーターサーバーの水をペットボトルに入れて持ち帰ってます。こんな高価なリンゴジュースなんて、この人生で今日

以降頼むこともないです」

「私とまた来ればいいじゃない」

「今日は特別です。椎子さんしんどそうだったし、僕も暇だったんで。あと、僕には一応恋人がいますんで」

「知ってるよ？」

「知ってて誘うのは意地が悪いですよ」

「知ってても誘いたくなる感情になっちゃったんだもの。修学旅行に雨が降ったら、最悪だなって思うけど、しょうがないなとも思うでしょ」

こんなことをしていたって、きっと椎子さんの眼帯をつけることになった真因は解決しないのだろうし、もちろん僕の夏夜への罪悪感も消えはしない。それでも、ひとりでいるよりはいくらかマシだったのだ。

「椎子さん、嫌いな言葉ありますか？」

眉毛をハの字にしてこちらを真っ直ぐに見つめる。

「ああ、人は嫌いなもので繋がった方が絆が深まりやすいらしいです。椎子さんが花を好きなのはわかりました。習字を習っていたことも、ゴルフと馬術と花道をやっていたことも知ってます。でも椎子さんが何を嫌いなのかわからなくて。いつもへらへらしてて」

「日常に不満がなさそう？」

「なさそうですね。少なくとも、世界を憎んでいるようには見えないです」

「んーそうねえ……〝なのに〟って言葉がダメ。受け付けないかなあ」

「なのに？」

「なのに。女の子〝なのに〟青色が好きなの？　女の人〝なのに〟なんでそんなに仕事できるの？　女性〝なのに〟二郎でマシマシにするの？　これ全部ダメ。アタローくんはさ、〝なのに〟って言葉はもう、人生で使わなくていいよ。『僕も青色好きだよ』『一緒に仕事できて嬉しいよ』『マシマシってコールするの勇気いるよね』とかでいいのよ。ついでに言うと〝らしく〟も使うことないと思ってもらって構わない言葉ねえ。女〝らしく〟、俺の女房〝らしく〟、結婚してもらった身分〝らしく〟……〝らしく〟は勝手な願望の表れだからねえ。そのずぶとい神経で勝手な願望を押し付けないでいただきたいわ！　って思っちゃう」

語気が強くなるにつれて、サーブされた二〇〇グラムのステーキは鋭いナイフで細かく細かく刻まれていく。小さな肉片にフォークを深く刺し奥歯ですり潰す椎子さんの横顔はいつもよりも美しく見えて悔しい。

「二郎、美味いですよね。食った直後はもう食いたくないって思うけど」

「夜眠る前にはもう、明日も二郎食べられるかなって思うよねえ」

「結局好きなものの話に落ち着いちゃうあたり、何のための会話だよってなりますね。ごめんなさい」

「じゃあやっぱり、好きなものの話をして。好きな人でもいいし、好きな本でもいい」

赤ワインの入ったグラスを反時計回りにクルクルと転がし、こちらに目配せをしてくる。好きな人の話……。

「高校の頃の担任が溢《こぼ》してくれるしょうもない話が好きでした。今も好きですけどね。もういなくなっちゃったんで」

「恋だったの？」

「恋じゃないです。敬愛に近いのかな、尊敬してました。〝いいやつ〟っていうのを煮詰めすぎて、ちょっと焦げができてるくらい煮詰めたような人でした。終業式のホームルームの時間に、内緒で生徒たち全員分のピザ頼んでくれたんです。配達員の人が校門の外まで来てくれて、それを僕と先生で忍者みたいに隠れながら受け取りに行きました。ふたりで両手一杯にピザ抱えて、音も立てず廊下を全力で走りました。一切れ食べたところで、隣のクラスの学年主任もやってるイカつい先生がガラガラってドア開けて『先生何しとんすか！　ピザの匂いが廊下中ぷんぷんしとんすよ！』って怒鳴ってきたんです。先生も僕らも三十分間説教されました。学年主任がどこかに消えたあと、先生が言いました。『温かいピザは温かいときにしか食べれへんけど、冷めたピザも冷めてからしか食べられへんからな』って。そのとき、ああ、僕この大人好きだなって思いました。

いい人すぎて死んじゃったのかなーって思います」

死んでしまった人の話をしていながらも、ちゃんとステーキは美味い。悲しさや、悔しさはあるものの、ちゃんとよだれは出て、ソースでも塩でも柚子胡椒でも楽しんでいる。涙が出たらどうしよう。なぜこんな上等な場所で、仕事のお客様に、昔話を繰り広げているのだろう。

「いい人って、すぐにいなくなっちゃうのよねぇ」

「ですね。すぐいなくなります。僕の恋人も、多分いいやつで、いなくなりました」

「いなくなっちゃったの？」

「僕が悪いんですよね。要領悪くて、ちゃんと言葉も尽くさなくて、不誠実だったなと思います。いつ帰ってくるかわかりません」

「アタローくんの彼女は愛されてていいね。いないときにまで一生懸命考えてくれてる。アタローくんは嫌なやつだけど、いい人だと思うよ」

「嫌なやつはいい人にはなれませんよ」

「誰かが低評価つけた映画が、誰かの〝人生で忘れられない作品〟なこともあるでしょ？　私だけがあの映画の良さをわかっていればいいと思うこともある。『タイタニック』とか、『ショーシャンクの空に』とか、もちろん名作だけど、人は誰しも〝大切にしたい作品〟みたいなのは秘めてると思うよ。アタローくんはそういう類の人だと思うなあ」

「褒められてるようで貶《けな》されてますよね。でもありがとうございます。少しは楽になりました。旦那さんは、そうじゃないんですか？」

今日は聞かないでおこうと思ったのに、つい言葉が漏れてしまう。漏れてしまった言葉はもう飲み込めない。しばらく間が空く。デザートの梨のシャーベットを頬張りながらその時間をやり過ごす。

「アタローくんは、彼女のいびき、許せる？」

「はい……まあ……」

「愛してない人のいびきは許せないよ。なんでこいつ私の隣でのうのうといびきかいてんだって思うもん。他の人のだったら可愛いとか、たくさんいい夢見てねって思えてたのに、愛してない旦那のものとなるとうるさくてしょうがない」

椎子さんは、〝他の人〟という言葉を使った。僕はいつからか、椎子さんの物語の登場人物には旦那さんしか出てこないものとばかり思っていた。舐めていたのだ。頭の中で勝手に理想の椎子さん像を組み立て、勝手に純愛結婚に仕立て上げて、あんな豪邸で温かく暮らしているとばかり想像していた自分の無神経さに呆れる。

「でも、うるさいって思えるようになるのは羨ましいです。恋人のいびきは可愛いって思っちゃいますもん。まだ恋愛なんだと思います。好きな人のいびきをうざいって思えるようになったら、それはもう家族ですよ」

「そんなもんかなあ……」

「そういうことにして、やり過ごしていくんです」

ノールックで左肩にパンチを喰らわせてくる。椎子さんには旦那さんだけを愛していてほしい。他の男のことなど、塵ほども考えず生きていてほしい。醜いけれど正しい感情が生まれた。

スマホがブーブーと低い音を立てて振動する。夏夜からかと思い、咄嗟《とっさ》にスマホを摑んで席を外す。画面に目をやると、表示されていたのは〝k〟だった。なんとも毎度間の悪い。長い着信が鳴り止むのを待ち、席へ戻ると、椎子さんは既に会計を済ませてくれていた。

「わー美味しかったねえ」

「美味しかったです！　ありがとうございました」

「こちらこそだよお！　たくさんお酒飲めたし、アタローくんの話聞けて嬉しかった。酔ったあー」

跳ねるようにして歩く上機嫌な彼女を見て自然と口角は緩む。

エレベーターに乗り込むと自分の心臓の鳴りが速くなるのがわかった。立方体の狭い空間に僕の心音が響いていないか心配になるほどばくばくと脈を打っている。椎子さんの香水が鼻をくすぐった。甘いフローラルをベースに、わずかにムスクが漂う。どこか鼻に馴染みのある優しくて品を感じる香りだった。

一階のボタンを押して数秒、椎子さんは振り向く。丸い目、カールしたまつ毛、その側に散らばったラメがスローモーションで僕に近づく。すべてが見えていた。すべてが見えていたのに、僕は一歩も動けなかった。

赤ワインが染み込んだような真紅の唇が、僕に触れる。

柔らかいはずなのにきっさきは鋭く、冷たく、僕の心は容易《たやす》く突き破られる。

教育実習生だったあの日、玄関の前で座って待っていたあの子のことを思い出していた。

恋や愛にはなり得ない、綺麗な名前をつけることのできない、茫漠《ぼうばく》とした夜のことを。

こうやっていつも、僕は僕を諦めていく。

どこかで望んでいながら、どこかでそんな関係になることはないと軽んじていたのかもしれない。この人には夫がいて、僕にはまだ恋人がいる。夫だけを愛していてほしい、何の不満もなく夫婦生活を送っていてほしい。どうか、どうか、他の男の話なんかしないでほしい。夫以外の誰かと、僕を誘ったように、ふしだらに日々を送らないでほしい。他の男には眼帯の理由は話すのだろうか。他の男の助手席でも、静かに夜の光を眺めているのだろうか。

エレベーターで僕に唇を預けてくれるのなら、六八階の高級中華にしておけばよかった。高層階であればあるほど深く深くこの人の中に潜れるのなら。

——誰かの彼氏なのに、ごめんね。

重い鉄のドアが開いて、彼女が言った一言は意外なものだった。僕にキスをしたことは、〝申し訳ない〟という感情のフォルダに分類されるのだということをまざまざと思い知らされたのだ。

カツカツとヒールの音を立てて、数歩前を早足で歩く。

「椎子さん」

夢の中でうまく走れないのと同じように、どんどんと足が重くなる。距離が開く。追ってはいけない背中だと悟っていた。

「椎子さん！　何かあったらすぐ電話してくださいい！」

歩む速さを緩めることなく、青いワンピースは遠く小さくなっていく。僕自身の力ではどうにも解くことのできない呪いを植え付けて、彼女はタクシーに乗って帰っていった。荘厳なエントランスホールの真ん中にて、僕はまたひとりになった。


朝起きて、冷たい床の上で眠っていたことに気づく。

今日は仕事が休みだからと、昨晩帰宅したあとストロング缶を二本半、一気に飲み干したのだ。昨晩は桃太郎になる夢を見た。

『桃太郎』のお話で思い出せない部分がある。犬、猿、雉の三匹を引き連れた桃太郎は、どうやって鬼ヶ島に辿り着いたかが思い出せない。鬼ヶ島はコンビニじゃない。いつでもふらっと立ち寄れる場所にあるはずがない。難攻不落のお城だったのか、激流を渡っていかなきゃ辿り着けない孤島なのか……辿り着くまでの難路をチームの絆でどう乗り越えたのか、一切覚えていない。

椎子さんがなぜ僕に唇を寄せたのか、その理由や経緯が浮かばない。酔っ払っていたからか。きっとそうだ。それ以外の理由が見つからない。哀しそうな目をしていた、と勝手に判断して逆上《のぼ》せ上がる男ほど気色の悪いものはない。鬼だ。それこそ退治されるべき鬼だ。若く見えて家柄も良くて話術も達者な人であれば、酔って誰かと遊ぶくらい造作もないことだろう。何事もなかったように帰宅して、なんとか旦那さんとも仲良くやるだろう。そうやって考えるのをやめる。

恋を知ってから、明日が来ることを待ち遠しく思えるようになった。

愛を知ってから、夜を凌ぐよりも朝を迎えることの方が苦しくなった。

今日も夏夜からの連絡はない。僕は朝ご飯を食べることなく、狭く硬いベッドの上で二度寝をかます。鳴く鳥の声や、公園で園児たちがはしゃぐ声にさえ苛立ってはと、来るところまできている自分の器量の無さを思い知る。

朝方の青い光が、徐々に黄色い真っ直ぐな光へと変わる頃、けたたましく着信音が鳴る。どうせ夏夜でないのなら、わざわざ起きて取ってやる必要はない。その瞬間、昨日自分が椎子さんの背中に投げかけた言葉を思い出した。

――何かあったらすぐ電話してください！

筋肉に指令を出し、急いでベッドから起き上がろうとするもうまくいかず、転がり落ちるようにしてベッドから出る。

『はい、もしもし、アタローです』

電話の向こうからは野太い男の声がした。

『お電話失礼致します。五味熱郎さんのお電話で間違いないですか？』

『はい、合ってますけど……』

瞬間、昨日飲みかけのままにしていたストロング缶が、誰かに押されたかのようにテーブルから床に落ちた。炭酸の抜けた透明な毒が床を這って僕の足元に忍び寄る。

『私、神奈川県警刑事部の漆間と申します。井手貴美子さんとご面識はございますか？』

『井手……井手かどうかは知らないですけど、貴美子さんという知り合いならいます』

零れた酒を拭かなければならない。じわじわと陣地を広げて僕の足元を濡らす。どうした？　話を聞きながら布巾を取りにいけばいいじゃないか。動けよ。シミになるかもしれないだろ。

『昨晩、その貴美子さんからの電話はありましたか？』

『ああ……はい、ありましたね。出なかったですけど』

『その時間、何を？』

『何を？　えっと……ご飯食べてました。横浜のホテルで』

『差し支えなければどなたとお食事されていたか伺えますか？』

さっきまで真っ直ぐ差し込んでいた陽の光が雲間に翳《かげ》り、狭い部屋の中から光を奪っていく。

『仕事の取引先の方です。お相手の名前はすみません。了承を得てからでないとお話しできません』

『承知しました。用件をお伝えせずにすみません。昨晩二十三時頃、井手貴美子さんが亡くなりました。彼女のスマホを確認したところ、過去に何度か五味さんに電話をかけられているみたいで、事件に関して何かご存じのことがあればと連絡させていただいた次第です』

今日も外国では戦争が起こっているらしい。日本では毎日九〇人が自殺しているらしい。この瞬間もきっとどこかで人は死んでいる。死は遠い。遠くて近い。ストロング缶を倒したのはきみなんだろう？

「なんで電話に出てくれなかったの、黄泉《よみ》に行く前にせっかくだから祟《たた》りにきたよ」

と構ってもらいにきたんだろう。零れた毒は僕の足先を冷やし、ゆっくりと僕を蝕《むしば》む。

死んだのか、きみは。死んだのか、きみも。

『もしもし？　五味さん、もしもし』

『ああ、はい』

『今回の事件について、ちょっとお電話口ではお伝えしづらいこともございますので、署まで来ていただくことは可能でしょうか』

『僕捕まるんですか？』

『いえいえ！　そうではなく、少しばかり事情を伺っておきたいだけですので。本日お越しになれますか？』

びちゃびちゃに濡れた床を見ながら、はい、と返事をする。

すぐに拭き取ることができず、僕はスウェットを着たまま床にいるきみの上に体を横たえる。ひんやりとしていて気持ちがいい。温かくても冷たくても気持ちいいなんて、きみと過ごした時間は思っているよりももっと贅沢だったのかもしれない。床に触れた唇から中に入ろうとしてきて、こんなときにでもかと笑みが溢れる。ジンジンと染みてきて、ズボンもパンツも濡らして僕の生肌まで辿り着いて、きみはだんだんと形を消していった。耳を澄まさないと聞こえないくらいの炭酸の弾ける小さな音で、僕に何を言おうとしているのか。もっと話を聞いてほしかった？　恋人ができたなら言ってほしかった？　それでもいいから会いたかった？　僕はきみに、何をしてやればよかった？

衣服が濡れてずっしりと重くなってからやっと、涙が瞼を飛び降りていった。

床に残った毒をすべて啜って、きみを成仏させてから、自転車に乗って警察署へ向かう。きみを飲み込んで飲酒運転で逮捕されてしまうのなら、それでいいと思った。

警察署で聞いた話を家に持ち帰り、僕はまたベッドに潜り込んだ。昼寝の続きをしなければ。朝だって眠かったのにせっかく起きてやったのだ。わざわざパンク寸前の自転車を漕いで、坂を登って、降《くだ》って……せっかく、せっかく起きて行ってやったのに。

昨日の夜はあんなに美味い飯を食えたのに。人妻とキスだってしたのに。よくある話だけど、絢爛《けんらん》なホテルの仕様のせいでお洒落なフランス映画の主人公にでもなれたつもりでいたのに。

電話なんか出なければよかった。任意だったのならわざわざ行かなければよかった。僕は無力で、小さくて、情けなくて、ダサい。何も知らないまま、すべてわかったように世界と距離を置いて、敗者であれば責め立てられることもないだろうと、外野から社会を恨んで、何がしたかったのだろう。僕は何をするために生きているんだろう。こんなに救いようのない無能な人間のまま生きるのなら、その命をきみにくれてやればよかったじゃないか。

詫び方もわからない。何もわからない。こうやってただ、電気も点けず薄い毛布にくるまって目を閉じることしかできない。寒い。寒すぎる。もう春なのに、足元から底冷えする。体を縮めてみても、どうにも震えを止めることができない。自分の脳が自分の体をコントロールできなくなっていく恐怖が僕を支配していた。


貴美子は半年間、ストーカーをされていたらしい。警察署へも何度か相談をしていたそうだが
「防犯ブザーを携帯してください」

「地域の巡回を強化します」

「何かあったら井手さんからの着信だとすぐわかるように署内で共有しておきます」

とだけ返されていたようで、自衛するしか方法はなかったのだろう。警察の対応を聞いて僕はカッとなり、目の前の太い眉毛をした刑事に突っかかってしまったが、同席していた他の署員に制された。冷静になったあとで、僕はそもそも、「ストーカーに付き纏われて怖かった」と聞いていたのに取り合わず通話を切っていたし、SOSの電話にさえ出なかったじゃないかと、血が出るほど唇を噛み締めて泣いた。ちなみに、事情聴取ではカツ丼など出てこない。ヒヤリとするパイプ椅子に四十分間待たされた挙句、お待たせしてすみませんの一言もなく会話は始まった。

防犯カメラの映像によると、ストーカーは貴美子が部屋に入るのと同時に後ろから抱きつき押し入ったという。貴美子を包丁で刺殺したあと、自身も首元を切り自殺。ふたりの遺体には揉み合った形跡と、ストーカーが貴美子に渡すために持ってきた花束がバラバラになって散らばっていたそうだ。思いを届けることができず、僕が刑事に突っかかったのと同じようにカッとなってしまったのだろうかと思うと、自分の中にある衝動を恐

ろしく感じる。

そして僕を混乱させた理由は、もっと違うところにあった。

犯人の名前は河合繁実。おっちゃんの本名だった。

警察は、おっちゃんが経営している会社に勤務していて、貴美子と親交のあった僕がなんらかの事情を知っているとして呼びつけたらしい。無論、何も知らないまま、能天気に暮らしていた。毎日決まったルート営業をして、毎週椎子さんに会いに行って、帰って夏夜にご飯を食べさせてもらい、

「金がない、やる気もない」

と嘆きながら社会を恨み、自分を蔑み、苦しい身分のふりをしてのうのうと暮らしていた。何も知らなかった。何も。

貴美子は昼は料理教室の先生として働き、夜は風俗店でアルバイトをしていたらしい。働いていた風俗店では「ケイ」という源氏名で人気を博していたそうだ。店から仕事用のスマホを支給されなかったから、プライベート用の連絡アカウントを使うしかなく、名前を〝k〟にしていたのだろう。

店の常連であったおっちゃんは、いつも決まった曜日にその日一番目の客として通うことを自らに課していたらしい。やりとりの文章には

「今日も一番綺麗なケイちゃんをもらいにいっちゃうよ😄✨今日はどんな激しいことしてもらおうカナ？なんちゃって。楽しみに待っててネ〜〜〜」

とおじさん構文の典型をいく文章が綴られていた。だからいつも決まった曜日には帰宅が早かったのかといらぬ合点がいく。

執拗な連絡と、横暴な態度に危機感を抱き、貴美子は店を通じておっちゃんを出禁にするが、それが事態を悪化させた。店で会えないのならと、店前で待ち伏せをし、貴美子の後を尾けるおっちゃんの姿が町の、駅構

内の、商店街の監視カメラにしっかりと映されていた。

貴美子の住む部屋のポストに何通も手紙を直接入れたり、偶然を装い家の前で待ち伏せをしたりを繰り返していたことをきっかけに、貴美子は警察に相談するようになったという。ここまでの話を聞き、僕は警察署の便所に籠《こも》って嘔吐した。ウォシュレットも付いていないひび割れた便座に頭を突っ込んだ。昨日胃に収めた高級料理は全部胃液とシェイクされて警察署のトイレに流れていった。


腐り切った僕を拾ってくれたのはおっちゃんだった。給料こそ五年間一度も上がることはなかったが、文句はなかった。それ相応の働きしかしていないし、それ以上の働きをしようという心がけもなかった。プレッシャーを与えられることもただの一度もなかった。狭い井戸で、存分に泳ぐことを許してくれていたのだ。ぴょこぴょこと跳ねるだけの蛙にわざわざ大海を知らせるお節介さもなく、僕はおっちゃんによってこの平穏無事な生活を送らせてもらっていたのだと思い知らされる。

警察も、事の真相に大きく関わる人物だと思って僕を呼び出したのだろうが、全くなんの役にも立たない木《で》偶《く》の坊《ぼう》だと悟り、立ち入った質問もせず解放した。帰りは自転車を押しながら帰った。脇道に自転車を止めて穴空きマンホールに胃液を吐いた。しゃがんで泣いた。

ふたりは死んでしまった。簡単にこの世からいなくなった。おっちゃんはそれで本望だったか？　おっちゃんの最大の愛の表現の仕方は貴美子を殺して自分も死ぬことだったのか？　それはあまりにも鬼哭啾々《きこくしゅうしゅう》たる所業ではないか。おっちゃんには妻も娘もいたじゃないか。他にも幸せの在処はたくさんあったはずじゃないか。少なくとも、僕ら社員と過ごすのんべんだらりとした日々は、おっちゃんの数える〝幸福〟の中では取るに足らないものだったのだろう。そう思うとまた果敢《はか》ない気分になり泣けてきた。

あんなに愛だ恋だを語っていた人が、気に入っていた風俗嬢に無下にされたからといって殺してしまうのか……と頭を抱えたが、自分にも心当たりがあった。

「愛を語るためには勉強が必要だ」

と教壇で弁舌したのに、結果、女子高生と不適切な関係を持って教師になるのをやめた。人のことを非難することはできない。僕はおっちゃんで、おっちゃんは僕だったのだ。何かタイミングや関わる人間が変われば、僕だって貴美子をどうにかしていたのかもしれない。先生が死んで、貴美子が死んで、おっちゃんも死んだ。次は誰が死ぬのだろうか。僕は僕を信じる力を失っている。

おっちゃん、あの世から僕に教えてくれ。おっちゃんが抱いた感情は、愛だったのか、恋だったのか、それともまた別の何かだったのか。

ワニワニパニックのワニたちは、暗い洞穴に控えている間、何を考えているのだろう。明るみに出れば頭を殴られる。洞穴に入っていても隣に棲むワニとは仕切りで遮《さえぎ》られていて話すことはできない。ただ叩かれるためだけに生まれたワニたち。

僕はゲームセンターの中で一日の大半を過ごすようになった。あらゆるゲーム機から流れ出る爆音に、がらんどうな心は救われていた。毎度同じ時間に来るゲーマーたちをいまや勝手に同胞のように思っている。タバコを吸う頻度が増えた。頭がクラクラするたびに一歩一歩死が近づいてきてくれているような気がして、ひっそりと安心している。

エコジャン株式会社は、おっちゃんの事件を経て体制を整えるため、従業員には休暇を与えられた。どうやらおっちゃんの義弟が社長に就任するらしい。社員ひとりひとりに挨拶のメールが届いたが、返信はしていない。

――お世話になっております。今後の経営体制ですが、

とお世話になったこともないおっちゃんの義弟に送る義理もない。おっちゃんの妻に対しても、僕はどこかで、

「あなたがもっとおっちゃんのことを愛していたら、こんなことにはならなかったのに」

と思っている。こんな横暴すぎる論をずけずけと放ってしまわないよう、口を噤《つぐ》みながらどうにか生きてい

るが、誰かのせいにしていないと正気を保つことも難しい。オダさんたちとおっちゃんについての話をすることはない。線香をあげにいくにも住所はわからないし、事務所に仏壇を置くわけにもいかない。人を殺した人間を悼むというのはなんとも難しい。

あれから食べ物もあまり喉を通らず、レンジで作る白ごはんとドリンク剤でやり過ごしている。自分の手のひらがどんどん黄色くなるのがわかる。先生、栄養を摂る方法を教えてくれてありがとう。と、そこで気づいた。

――そうだ、今日は先生の命日だ。

さっき到着したばかりのゲームセンターを急いで飛び出す。太陽はもう沈み始めていて、街に夕刻を伝えていた。西の空からはもう、水色が奪われていた。いい歳した大人が自転車を立ち漕ぎして花屋に向かう。若い頃はどんな坂でも立ち漕ぎで登り切れていたのに、三合目のところで息が切れる。結局降りて押しながら坂を登る。年齢のせいなのか、食っているもののせいなのかわからない。いや、どちらのせいでもなかった。後輪がパンクしていたのだ。空気の一切入っていない後輪をゴリゴリと地面に擦り付けているのにさえ気づくことができなかった。あんなに気に障っていた不快感すらもバカになってしまっては、もはや人間の風体を保っただけの案山子《かかし》ではないか。

花屋の前に到着してから気づいた。あんなに好んで毎月買っていた花束を見たくない。おっちゃん、僕の好きだったものまでぐちゃぐちゃにしてあの世に行くなんてあんまりじゃないか。あの花束、娘の大学入学祝いだって言ったじゃないか。貴美子の家に花が飾ってあったことなんてなかった。だからおっちゃんは貴美子に花束を贈ろうとしたのだろうか？　ひょっとして部屋に入ったのは一度だけではなかったのだろうか？　と、疑問がポンポンと浮かんできた瞬間に思考する神経がバツッと途切れた。花屋を目の前にして踵《きびす》を返し自転車を押してコンビニへ向かう。ドリンク剤を五本買い、坂の上にある団地へ向かう。一歩一歩が重い。両足におっちゃんと貴美子が張り付いているのかと感じるほどに重い。

「私たちに手向ける花はないのに、とうの昔に死んだ先生の元へは自転車飛ばして息を切らして向かうの？それって人として正しいの？」

と問われているような気分になるが、人としての正しさなど、すっかり忘れてしまっている。

三号棟の前に太々しく立つソメイヨシノは葉桜となり、土色に濁った花びらを辺り一面に散らしている。旬を過ぎた桜の木には、住人たちも立ち止まることはない。

――お前も僕と同じだな。僕は教壇に立って四〇人の視線を浴びた日から、ずっと下り調子で、いよいよこんなところまで来たよ。

「先生。今月はいろいろなことがありました。前に話した、綺麗な金髪の子とは連絡取れなくなりました。僕のせいです。なんて言って謝ればいいかわからなくて、スマホで文字打って、消して、打って、消してって繰り返してます。その子がいなくなってから、十二個パックの卵を買うのをやめました。牛乳も二〇〇ミリリットルのものにしました。洗濯は三日に一回くらいで足りるようになりました。床の掃除してたら、かちかちに干からびた緑色のコンタクトレンズが出てきて、ちゃんと捨てとけよって思ったりして。毎日って、くそですね。いいこともありました。年上の、年上なんだけど年上に見えない人妻に美味い飯食わせてもらいました。分厚いステーキ食わせてもらいました。先生が連れてってくれた中華も美味かったけど、それと同じくらい忘れられない飯になりました。帰り際にキスもされました。でも結局、『ごめんね』って言い残して、その人はひとりで帰っていきました。まあ、いいんです。僕みたいなのが追いかけても面倒臭がられるだけだろうし。多分先生、好みだと思うな。どことなく儚《はかな》げで、でも芯はあって、喋ってて楽しい人。先生も好きそう。あと、ちょっと前に関係持った女の子と、うちの会社の社長が死にました。その子ともし会ったら、僕の悪口でも聞いてやってください。これ、久しぶりでしょ。たくさん飲んでください」

ドリンク剤の蓋を開け、ソメイヨシノの根元にかける。乾いた土がビタミンを吸って湿る。

深く息を吐いて手を合わせる。

——待っててください、先生。


「おかえりなさい。アタローさん」

聞き覚えのある湿度の低い声が、耳の表面を滑り台のようにして滑降し、するりと鼓膜まで届く。春の真ん中にしては冷たい風が肌を掠める。

「……夏夜ちゃ……あの、あの……」

振り返るなり目の前に現れた人間のカタチをした奇跡を目にし、圧倒されて言葉が詰まる。まず初めは謝るべきなのか、それとも挨拶をすべきか、会えた喜びを真っ直ぐ伝えるべきか、今にも崩れてしまいそうな心の内をぶちまけてしまうべきか、僕は選択できずに狼狽《うろた》える。西陽よりも眩しく光る、鮮烈な金髪は、もうそこにはない。淡い栗色でくるんと巻かれたロングヘアに、赤茶色をした裸眼の夏夜がそこには立っている。

「この前はごめん。出て行った夏夜ちゃんすぐ追いかけられなくてごめん。連絡は何回もしようと思ったんだけど、なかなかできなくて、ストーカーとかじゃなくて、これはその……今日は四月二十三日だから先生の命日で、それで」

「アタローさん」

「ストーカーじゃない！　本当にストーカーなんかじゃない！　疑わないで」

「アタローさん。私、おかえりなさいって言いました。ストーカーにはおかえりなさいって言いません。おかえりください、って言います」

「は、はは……それもそうだね」

「おうちにお味噌汁あります。食べて行きますか？」

夏夜はどうやって僕がここに来たのを察知したのだろう。スーパー帰りのエコバッグを持っているわけでもないし、足元なんてサンダルを履いている。ベランダから見かけて急いで駆け降りてきたのだろうか。

「あぁ……いいの？　怒ってない？」

「怒ってないです。何も」

「ごめんね、この前は」

「大丈夫です。アタローさんは元恋人ですし。今になって殊更《ことさら》アタローさんに腹を立てることないです」

「え？」

「……え？」

なかなかローディングから進まないパソコンの画面と同じように、頭がぐるぐると回ったまま何も言葉が浮かばなくなる。

「あの日、こっそりアタローさんの家を出た朝、アタローさんのジャケットのポケットにお手紙入れました」

「手紙!?　入ってなかったよ！　読んでない！」

「レシートの裏に書きました。『お別れしましょう』って。読んでないって……それで無しになる話じゃありません」

「はあ!?」

驚いて大きな声を出すと、夏夜はキッと睨みを利かせる。

「いや、ごめん。はあ!?　じゃないよね。ごめん」

夏夜がこれまでレシートの裏に何かを書く癖があったり、ポケットに手紙を入れる癖があったのなら気づけたかもしれないが、僕は確かあの日確認せずにくしゃくしゃに丸めて捨ててしまっていた。

「アタローさんなら、去るもの追わずだろうなと思って納得してました。とりあえずおうち、入ります？」

階段を上がり、久しぶりに夏夜の部屋へと入る。ディフューザーがヒノキの香りへと変わり、カーテンの色も、ベッドカバーも変わっていた。違う人の家のようだった。

「お味噌汁温めますね。ご飯食べてますか？」

「……ちゃんとしたご飯は食べてないけど、ドリンク剤飲んでるから大丈夫」

「ふふ、先生のこと好きですね、本当に」

「それより、どうしたの？　髪色とか、カラコンとか。夏夜ちゃんじゃないみたい」

鍋を火にかけゆっくりとおたまを回しながら、夏夜は背中で言葉を送る。

「私は、私らしいとかわからなくて。アタローさんとお別れしてからいろいろな人に抱かれてみました。その日バーで会った人についていったり、マッチングアプリ始めてみたり。声をかけられることをモテるというのはちょっと違う気がするけど、私は思ったより社会に馴染めるんだなと思いました。私には〝らしさ〟がわからないから、私の絵を描けないんです。客観的に、とか、俯瞰《ふかん》して、とかそういうのができないんです。だから、すれ違った人、見つめてきた人に、私はどんな風に見えるか、抱いたあとどんな風に見えるようになったか、聞こうと思ったんです」

「……気持ち悪い」

心の声は、漏れた。矢を射るように言葉を吐いた。言いたいことは山ほどあった。

——僕は別れたつもりはないから、それは浮気だ。今すぐ謝れ、不貞を詫びろ、赦しを乞え。この部屋に何人連れ込んだ？　誰と買いに行ったカーテンだ？　誰との行為でベッドカバーが汚れたんだ？　このヒノキの香りは誰から勧められた？　家を抜け出た日の夜のことから全部事細かに説明しろ。一晩たりとも誤魔化さずに伝えろ。そもそも僕のことなんて大して好きじゃなかったんだろ。貴美子からの着信がそんなに嫌だったのか？　そんなに簡単にホイホイ抱かれるような人間なら夏夜にもいたんじゃないのか？　僕の行動ばかりを制限して、束縛して、夏夜自身の行動の浅ましさの裏返しだったんじゃないのか？

……下賤な黒い言葉が胃の中で駆け巡り、ごろっとした集合体になって口をついて出たのが、「気持ち悪い」だった。吐き出したあとでほんのりと舌の裏が酸っぱくなるのを感じる。

「悔しい？」

「え？」

「私が他の人に抱かれて悔しいですか？」

「………」

自分の感情の一手を、今この会話のやりとりの将棋盤の上でどこに指していいかわからない。ああそうだった。僕は夏夜の前で〝何を言ったら正解か〟ばかりを気にしながら生活していた。忘れていたのだ。夏夜との生活を。いないときは欲しがるくせに、いざ目の前に現れると、苦い記憶もゆるやかに思い起こされて、自分が逃げ腰になっているのがわかる。

「夏夜ちゃんには、汚れてほしくない。そんな、〝誰かに抱かれて何かが見つかる〟なんてありえないこと、夏夜ちゃんが一番わかってるんじゃないの」

「さっきもらった言葉、お返ししてもいいですか？　気持ち悪い。アタローさんに何も期待したりしてないですよ。だから気負わないでください。おかえりなさい、って言ったのは冗談です。お味噌汁飲んだら帰ってくださいね。夜になったら約束があるので」

「呪われたみたいに暮らしてた。どんなときも夏夜ちゃんのことが頭から剝がれてくれない。映画の予告を見て、一緒に行ってくれるかな、もう誰かと行く予定立てたかなとか。夏夜ちゃんがよく食べてたアイスがさ、イオンのバカでかいアイスコーナーでさえ見つけられなかったのに、近所の『どこの系列だよ』っていう変な名前のちっさいスーパーにあったんだよ。知らせたいと思ったけど、すぐに諦めた。刻まれて焼かれて苦しめられながら過ごしてた。一緒にいるときの楽しさは二倍になるけど、いないときの寂しさは二乗になった。愛してもらってたことばかり思い返して、何も返せなかった自分の不甲斐なさだけが浮き彫りになった」

僕はゆっくりと夏夜の方を向き、正座する。両手を床につき、額を床に擦《こす》り付ける。このカタチになるのが楽だった。言葉を放棄して、会話することを諦め、命乞いをするように頭をただただ下げているのが楽だった。

「土下座が意味を成すのは、土下座をしてほしい人の前でだけですよ。私は今、求めてません。なんの憐れみも持てません。あぐらかかれてるときと感情は同じです。私はね、『期待した私が馬鹿だった』と思うことが生きている中で一番嫌いなんです。二番目は『あなたと過ごした時間は無駄だった』と思うことです。アタローさんも期待されるの嫌でしょ？　『私と今後どうしていきたいと思ってるの』とか聞かれたくないでしょう？　私に正しさを説く前に、自分の正しさを確立したほうがいいですよ」

　夏夜は落ち着いた声色で僕に返した。幼い頃、インターホン越しに宗教勧誘を受け、母が返した、

「あ、結構ですー。はーい」

の声色とそっくりだった。床につけた額を、またゆっくりと戻す。床に落ちている玉ねぎの茶色い皮を見つめる。視界は狭くなり、僕の世界には玉ねぎの皮しか映し出されない。

　――死にたい。ああ、いなくなってしまいたい。

「アタローさん、あのね？　氷の溶け切ったオレンジジュースです。水と油ほど完全に分かれてはいないけど、薄く色が上下で違ってる。今更混ぜて飲みたいとは思えないんです。飲めるっちゃ飲めますよ。でも飲んで感動はしません、飲んでよかったとも思えません。それが今の私たちです。会わなくなって少しの間だけど、アタローさんだって思ったんじゃないですか？　『あれ、僕、今、夏夜のこと忘れてたな、夏夜じゃなくてもいいんじゃないかな』って。私その瞬間、自分の感情にドン引きしました。アタローさんと出会って初めて知りました。自由になれる不自由があるってこと。誰とでも出掛けられて、誰とでもキスできて、誰とでもセックスできる。そんな自由な不自由があること。アタローさんのことを考えながら、アタローさんのいない生活を送るんです。アタローさんが他の誰かを抱いているところを想像しながら、私に向かって腰を振ってる、名前も知らない誰かの眉間を見つめるんです」

　夏夜の声は小刻みに震えている。嗚咽《おえつ》混じりの浅い呼吸が聞こえる。それでもまだ、僕は夏夜の顔を見ることはできない。心では持ちうる語句を組み合わせて、なんとか夏夜と会話をしようと試みているが、パズルの

ピースが噛み合わない。水中に溺れながら叫ぶ声は聞こえない。ぶくぶくと泡が上がって体は重くなり深みに引き摺り込まれていくだけ。

「運命って折に触れてわかるものじゃないですか？　手を繫いだとき、キスをしたとき、布団の中で太ももを擦り合わせたとき、私の中に受け入れたとき、少し飛んでふたりで子供を育て始めたとき。私の母は、多分お隣さんが引っ越してきたときにそれを感じてしまったんでしょうね。で、私が生まれた。わかんないです。生まれてしまった、なのかもしれません。それでも母は、私に不自由させないように、私の個性を殺さないようにすべてを赦して育ててくれました。あのとき感じた運命を否定したくないって思ったんだろうなぁって……あの夏あの場所で、アタローさんにカマキリを取ってもらった瞬間、その瞬間が私にとっては運命だったんです。アタローさんに出会った瞬間に始まったんです。だから私ずっと」

僕は何かを言うのをやめた。正解かどうかなんて知らない。間違いだったらそれまでだ。あとはどうにでもなったらいい。

本能に任せて、全感覚を尖らせて夏夜を抱き寄せる。

両手を回して摑んだ肩はやっぱり華奢で、骨張っていて、やけに濫《みだ》りがましい。肉のないしなやかに伸びる手をいっそ折ってしまおうかとさえ思う。夏夜を押し倒して馬乗りになると、濡れた目が泳ぐのがわかる。僕の涙も夏夜の顔にポタポタと落ちるが、夏夜はそれを振り払おうとはしない。夏夜の細い指先が僕の首を絞める。呼吸はしづらいが息が止まるほどではない。もっと絞めてほしい。このまま絞め上げて記憶もろとも爆《は》ぜてしまえばいい。

「抱くなら殺す気で抱いてください。こいつの内臓を突き刺して殺したいと思いながら抱いてください。この人になら殺されてもいいと思わせてください。あなたなしでは生きられないって思い知らせてください」

夏夜の筋張った手を払い除け、栗色髪を摑むとウィッグだったことがわかる。中からは目に焼き付くような金髪が現れる。

「夏夜らしさは見つかった？」

下唇を切れそうな強さで噛んだあと、顔を横に振った。溜まった涙が左右へと流れ落ちていく。

ベルトを外し、噛み締めた唇を指でこじ開け、自分のものを夏夜の喉奥へと押し込む。さっきまで土下座していた人間の所業ではないことはわかっている。僕には、正しさに沿う理性は残っていなかった。放っておけば僕を責め立ててしまうこの子の口元をどうにか塞いでしまいたい。夏夜が何か口にする度に夏夜自身が崩れていくのであれば、もう何も言葉にできないように栓をしてしまえばいい。嘔吐《えず》く音が漏れるのが心地いい。いっそもう、僕に殺されてしまえばいい。

夏夜の背をとり頭をベッドの端に押し付ける。ひとつひとつの手順が面倒に思える。僕は僕のことしか考えていない。ずっとそうだった。それでいながら被害者のような負け顔をするのばかりが得意になっていった。きっと夏夜もそれを感じていた。

生きていて正しいことなんてひとつもなかった。不幸でいることは楽だ。これ以上不幸にならなくて済むという安心がある。始まった幸福が、終わりに近づく恐怖を知ってしまっては夜も眠れない。それでも、善人の面を被って害のないように息を潜めて夏夜への愛を偽るくらいなら、いっそ鬼にでも蛇にでもなって夏夜を苦しめる方が愛なのではないだろうか。

いつか夏夜から教えてもらったようにして中へ入り、心の在処を探す。どんなに往来しても心臓へ達さないのがもどかしい。後ろから首に手を掛け、背中を抱き寄せるようにして力を込める。夏夜はずっと泣いている。それでいい。僕で泣いていてくれたらいい。僕にしか泣かされないでいてくれたらいい。

どれくらいの時間そうしていただろう。すっかり日は暮れ、僕の前には四肢を震わせる屍《しかばね》のような夏夜が横たわっている。垂れた汗や涙や体液、こぼれた潤滑剤はそのままに、僕は全体重をかけて夏夜を抱きしめる。肺にどうにか空気を取り込もうと、浅く速く呼吸を繰り返す音だけが闇の中で聞こえる。

「夏夜ちゃん」

「……なんですか?」

「結婚しよう」

「……バカじゃないの」


夏夜は僕にピアスを贈った。アクアマリンという石が埋め込まれているらしい。大学生の頃以来、ピアスを貫通させていなかったので、差し込むときに血が出た。ついでに円形脱毛症も患った。後頭部左側にぽこんと穴が空いている。医者に診てもらったが円形脱毛症になる理由はそもそもよくわかっていないらしい。

「髪の毛が抜け落ちていることを意識せず、これまで通り毎日楽しく元気に生きることが大切です!」

とニコニコしながら医者は言っていたが、これまでだって一日たりとも楽しく元気に生きてこなかった人間はどう振る舞っていればいいのだろうか。元気であることが通常運転な人間もいれば、とにかく生きて呼吸しているだけで精一杯の人間だっている。夏夜に抜け落ちた部分を見せるとその部分にキスをして、

「一生治らなくても一生愛してあげますからね」

と慰めてくれる。僕の性格上、治らなくてもいいと言われると細胞が反抗心を剥き出しにして髪を生やそうと躍起になりそうで、その励まし方は案外気に入っている。

椎子さんの指輪もそうだったように、ピアスも首輪になることを知る。朝起きて間抜けな顔を鏡で見る度に、僕は夏夜のものなんだと思う。

日々は、ある一定の法則で回っている。僕の行動のすべてを監視する代わりに、夏夜は僕の生活のすべてをサポートしてくれた。僕より早く起きて朝ご飯の用意をしてくれて、昼のお弁当を渡してくれて、夜は毎日献立の違う料理を振る舞ってくれる。ぼさぼさに伸びた髪も切ってくれる。ひとりで生きていけるのを忘れてしまうくらい、先回りしてなんでも夏夜がやってくれる。毎週日曜日には、翌日からの行動計画表を送る。帰宅

時刻も明記する。一時間ごとに腕時計と、今、視界から見える景色を写真に撮って送る。地図アプリで現在地点を表示してスクリーンショットも撮って送る。帰って来たら営業でどんな人とどんな話をしたかを正確に伝える。スマホの暗証番号は共有し、いつ見られても構わないようにしている。いつも連絡に使っていたアプリは消去した。〝k〟との連絡の履歴も消え去った。

「アタローさんが『死にたい』なんて言うから、私はこうやって見守るしかないんです。この毎日はアタローさんが招いたんです」

と夏夜は言う。言ったつもりはなかったが、口を衝いて出ていたのかもしれない。確かにそうだと思う。僕に自由を主張する権利はない。

幸い、僕には友人がいない。人々が友人と過ごす時間を、ずっとひとりで過ごしてきたので

「夏夜のせいで友人とも遊べない」

と不満を垂れる必要がない。夏夜にも、

「アタローさんって本当に友達いないんですね、私と出会うまで辛かったですね」

と心配された。別に辛くなかった。仕事場に行けばおっちゃんが話しかけてくれていたし、暇なときは貴子が相手をしてくれていた。毎週椎子さんと世間話をしていたし、月一回は先生のところに挨拶に行く用事があった。充分すぎるほど恵まれていた。暇は人を孤独にするが、空白は人を豊かにする。さよならを言わなくていい、おはようと毎日言える生活は何よりも心地良かった。僕はずっとひとりでいることで、ひとりになってしまう恐怖から逃げていたのだと気づいてしまうのが、どうにも恥ずかしかった。

「夏夜ちゃんって友達いるの？」

「いますよ。バカにしないでくださいよ」

「友達いない人をバカにする心は持ち合わせてないよ。夏夜ちゃんの友達事情とか、プライベートなこと聞いちゃいけないかと思ってた」

「そうですね。聞かれないなーとは思ってましたけど、興味ないのかなーとも思ってました」

「どんな友達？」

「いつか紹介しますね」

こうやってするりとかわされるので、僕はまた、夏夜のことを探ろうとするのをやめる。夏夜にはおっちゃんのことも貴美子のことも話していない。話されたところで、どう反応すればいいのか戸惑わせたくなかった。あの深夜に電話をかけてきた〝k〟が亡くなったよ、殺したのはうちの会社の元社長だよ、そんないかれた話を聞かされたとしたら……僕がその身だったらと考えると身の毛がよだつ。


夏を迎えた。

夏夜は夏でも長袖のカーディガンを羽織る。日中は日傘を差してとにかく紫外線から逃れるのに必死だ。この日は、僕が先生に連れて行ってもらった中華料理屋に出かけた。高校から歩いて十分くらいのところにある古びた中華料理屋だった。行列のできるラーメン屋の真向かいに位置していて、先生はいつも、

「あいつらほんまにもったいないな。こっちの店のチャーハンの方が億千倍ウマいのにな」

と言っていた。あいつらはラーメンを食べるために並んでいるのだ。チャーハン狙いではない。

大学を中退し、こちらに戻ってきてからもたまに顔を出している。大抵、給料日後に散財をするとしたらここだ。生ビールと醬油ラーメン、半チャーハンに餃子を頼む。一食で一六〇〇円も吹き飛ぶ。僕にとっては大金だ。こんな上等な食事を先生はいつも奢ってくれていた。今日は夏夜が奢ってくれる。なんともまあ、人に頼り切りの人生だ。

「おおアタローちゃんじゃないの！　久しぶりだわねえ！　元気してたのお」

暖簾をくぐるとおばちゃんがすぐに気づいて声をかけてくれる。

「お久しぶりです。元気……んー、元気じゃないけど、なんとかやってます」

「あらそう！　健康なら何より！　はいこっちこっち。特等席ねえ〜」

いつも先生と腰かけていた、一番奥のテレビのよく見える席に案内される。

「先生いつもここの席座ってナイター見てた。阪神が負けると『アタローちゃん今日は飯割り勘やわ！』とか言ってきた」

「アタローさん野球好きでした？」

「セ・リーグとパ・リーグの違いもわからないし、ショートがサード側にいるのかファースト側にいるのかもわからない」

「よかった。私も知りません。運動嫌いなので」

「あら綺麗な金髪ねえ！　アタローちゃんが女の子連れてくるの初めてじゃないの！」

おばちゃんがカットインしてくる。夏夜はこういうガツガツくる人と話すのが苦手で、いつも目を合わさずこちらに会話を任せてくる。おばちゃんに向かってぺこぺこしながら気まずそうにしている夏夜が、俯いて目配せをして助けを求めてくる。

「おばちゃん！　生ビールと醤油ラーメン、半チャーハンに餃子。夏夜ちゃんは？」

「チャーハン……小盛りで」

注文を反復するとおばちゃんは厨房を振り返り、夏夜の五十倍の声量で伝令する。夏夜の体がビリリと電気が流れたかのように反応する。

「アタローさんって、チャーハン好きですよね。主食ってくらい食べてますよね」

「めちゃくちゃ好き。一番好き」

「私より好きですか？」

「ええ……今食べ物の枠での話してたじゃん……」

夏夜は意地の悪い表情を作る。

「好きだよーってサラッと言えばいいんですよ。嘘も本当も下手なんですね。今度チャーハン作ってあげますね。好評なんですよ」

「え、食べたい！　今日の夜食べたい！　待って、誰から好評なの」

「内緒です」

「過去の男？」

「高校時代に作ってあげたんです。何年前？　もう随分前の〝好評〟です。ほら、そこに貼ってある〝王様のブランチに紹介されました〟の貼り紙くらい古い好評です」

　色褪せた貼り紙には名前を忘れてしまった芸人と、今やママタレとなったリポーターの若い姿が写っている。

「夏夜ちゃんの高校時代の話とかって聞いていいの？」

「私のですか……んー、あまりいい思い出はないです。先輩に恋してたくらいですかね、いい思い出は」

「イケメンだった？」

「イケメンってより、可愛い系？　昔から可愛い人好きなんですよね。アタローさんもどちらかと言えば可愛い系じゃないですか？」

「可愛くないだろ。目つき悪いし愛想ないし」

「どちらかと言えばですよ。私にしかわからないんだろうなーこの人の良さ……みたいな、そういう魅力がアタローさんにはあるんですよ。誰にも理解されないでほしい魅力が」

　店内の首振り扇風機の風がふわふわと僕らの髪を撫でる。金色の細い髪の毛が揺れ、夏夜の唇の横にあるほくろが見え隠れする。先生と座っていた席に、何年か越しに違う人と座っている。あの頃のようにゲラゲラ騒ぎ立てて馬鹿な話をしたり、節操のない会話をすることはない。

「夏夜ちゃんお酒は飲まない？」

「私は飲みません。お酒にいい思い出ないので」

「そっか……酒癖悪いとか？」

「数口飲んだだけで立てなくなります。前が滲んで見えなくなります」

「それはだいぶだね。ごめんね僕だけいただいちゃって」

「飲みたいものを飲んで、ごめんねって言わないでください。たくさん飲んでください」

謝ることで自分の体裁を保とうとする感覚からは、簡単に脱することはできない。この店のチャーハンは本当に美味しい。全くパラパラしていない。パラパラさせようという気概も感じないくらいもっちゃりしている。それが美味い。

「ねえアタローさん」

「なに？」

「注意力って基準どれくらいなんですか？　一〇〇くらいですか？」

「何の話してるの？」

「注意力さんまんって言うじゃないですか。友達によく言われるんですけど」

「おお……まじか。注意力散漫って注意力三〇〇〇〇じゃないからね。散歩の散に漫画の漫で、散漫」

「へえ……偏差値的なものではないんですね」

「偏差値でもＩＱでもないよ。でも夏夜ちゃんが注意力散漫な人だって思ったことないかも」

「私がアタローさんにしか興味ないからだと思います。アタローさん以外の物体は、正直どうでもいいんですよね。友達の子供見ても、スモールサイズの人間だとしか思わないです」

「恐ろしいね」

「嬉しいって言ってください」

夏夜はずっと僕の顔を見つめながらご飯を食べるため、チャーハンの米粒がぽとぽとと器から零れている。確かに注意力散漫なタイプなのかもしれない。

食事を済ませると、夏夜が机の下で麻薬の密売のようにして、千円札を三枚手渡してくれる。ありがとう、と頭を下げ、レジへと向かう。レジでおばちゃんが僕に向かってウインクをして割り引きをしてくれた。丁寧にお辞儀をして奥にいる店主にも挨拶をする。

「夏夜ちゃんごちそうさま。千円札余った、ありがとう」

感謝を伝えるなり夏夜が僕の服を掴み、

「今おばちゃんにウインクされてましたね。デキてるんですか？」

と真顔で聞いてくる。戯れにしても、僕はこういう詰め寄られ方に慣れることはないので、必死に潔白を証明しようと奮闘する。しばらくすると夏夜は、

「冗談です～」

とほくそ笑んでくる。肝が冷えるとはこのことだ。この人生、ずっとこうなのだろうか。

「その千円でデザート食べたいです！　チョコのソフトクリーム！」

「チョコ嫌いだからバニラにしようよ」

「チョコレート食べられない人生ってどんなですか？」

「チョコレート食べられる人生となんら変わらないよ。人生の半分損してるって言ってくる奴らの人生の重みを憐れむだけだね。たけのこの里vsきのこの山論争している人たちを横目に、たべっ子どうぶつが何よりいいに決まってると心で思ってる」

「バレンタインデーとかこれまでどうしてたんですか」

「……もらったことあると思う？　この僕が」

「あー……さっき商店街でソフトクリーム売ってるお店見かけたのでそっち行ってみましょう」

ポケットに入れていた手が夏夜によって引き出され、駆け足でソフトクリームを買いに行く。

こんな風に何もない日々ばかりで毎日が埋まっていけばいい。風が吹かない凪《なぎ》の海で考え事をせず浮かんで

いたい。何もない日にパッと消えて無くなってしまいたい。お風呂に入るのはいつまで経ってもだるい。しかし、お風呂に入ったあとで「お風呂に入らなければよかった」と思うことはない。死もそんなものなのではないだろうか。死ぬこと自体は気が引けるが、いざ死んでしまえば「よかった」と思えるのではないだろうか。雲の浮いていない快晴の空を見上げながら、空の奥の世界のことを考える。

「ソフトクリームお待たせしました！　黒ごま味と、イカスミ味です」

「真っ黒なソフトクリームふたつ嬉しそうに持ってくるやつ変すぎるだろ！」

「ええ！　そんな怒ります？　店員のお姉さんに『意外と美味しいやつってありますか？』って尋ねて選んでもらったんですよ」

「普通に美味しいやつでよかったのに！」

「一銭も出してない貧乏人が文句言わないでください！」

「歯に衣着せたほうがいいよ？　今、歯がフルチンだよ？」

反抗してみたものの、夏夜が言うように僕は今日一銭も出していないので、感謝しながらソフトクリームを食べる。黒ごまは美味しかったのでまた食べてみよう。

「ツツジが綺麗に咲いてる場所があるんだ。時期じゃないから今どうなのかわからないけど。ついてきて」


僕が仕事に向かう朝、夏夜は決まって僕の耳のピアスにキスをする。夏夜なりのおまじないなのだという。

「このピアスがアタローさんの身に降りかかる不安の種も不快の元も、全部取り除いてくれますからね。連絡忘れないでくださいね」

おっちゃんの座っていた社長席には、未だ誰も座っていない。代わって社長となったおっちゃんの義弟は、一度挨拶に来たきり、姿を現していない。オダさんたちがおっちゃんの穴を埋めるべく業務を担当してくれている。人ひとりが死んだところで、しかもそれが社長だったところで、この世界は何も変わらず平穏無事に回っていくことを痛感した。おっちゃんの命でさえこうなのだから、僕の命なんてものはもっと世界に無関係なのだろう。

事務所に長くいると、ついおっちゃんのことを思って感傷的になってしまうので早い時間から軽トラに乗り込む。この場所が一番落ち着く。僕をどこまででも連れて行ってくれるし、社会とも結びつけてくれている。たまにアストンマーティンとベントレーの間に入って、上流階級への挑発を叶えてくれたりもする。誰にも侵されることのない愛すべき場所があるというのは、大きな支えになる。

いつも通り片耳にイヤホンをつけ、食べ物を汚く食べるＹｏｕＴｕｂｅｒのＡＳＭＲを聞く。くちゃくちゃと耳元で鳴るのが心地いい。人の出す汚い音が好きだ。路上で嘔吐してそのまま眠っている人も好きだ。僕がまだこの世に居ていい気がして楽になれるから。

今日も空に雲がひとつもない。車中から空を見上げる時間が増えた。何も建設的なことは考えていない。将来のことも考えていない。それどころか今日の夜のことすら考えていない。ただただ時報のように夏夜に報告をあげるだけの人生を送っている。

青空に飽きた。梅雨時期に、毎日雨が降るのに飽き飽きする人がいるように、青空に飽きた。こんなに燦々《さんさん》と世界を照らす太陽と目を合わせて、僕はどう振る舞えばいいのだろう。夏夜にカートンで買ってもらったタバコを助手席のシートの下に忍ばせ、そこから一箱新しく開け、火を灯す。青空、タバコ、耳元ではくちゃくちゃ。なんとも贅沢で、それでいて脆弱《ぜいじゃく》な瞬間。これが最期の光景ならどれほど素晴らしいことだろう。

安い妄想もほどほどに、エンジンをかけ住宅街へ向かう。いつも通りの道を時速五キロでゆっくりと行く。ぐんとアクセルを踏めば時速何十キロと出せる車をノロノロと走らせると夢の中にいるような気分になる。走りたくてもうまく走れない、こんなに走っているのに前に進まない、魘《うな》されて起きるあの夢を見ている気分になる。最近の僕は、常にふわふわしている。

夕涼、遠くに陽炎《かげろう》を見た。真昼の直射日光が地面を温め、僕に幻影を見せたのだ。見覚えのある姿形をした、角のない丸い笑い方をする人に、どんどんと近づく。

――僕みたいな何もしていないような人間でさえ疲れることはあるんだな。

と、普段あくせく働いて頑張っている社会の人々に対して申し訳ない気分さえ感じながら、その幻影をゆっくりとした速度で通り過ぎる。あのとき慕った、柔らかな表情と憂いを帯びた唇をした人。夏の暑さと疲労感は斯《か》くもハッキリと幻影を映し出すものなのか……

サイドミラーでもう一度通った道を振り返ると、その姿は、まだそこに立っていた。

いけない。そこに行ってはいけない。もう関わってはいけない。言葉を交わしてはいけない。あのとき、あのエレベーターを最後に、もう近づいてはいけない人だから。僕は夏夜に飼われているから、あの優しい檻から抜け出すことは許されない。夏夜への安心を約束できなくなってしまう。戻ってはいけない。この道を戻ってはいけない。

気づくと、バタンと運転席のドアを外から閉める僕がいた。一歩ずつ、その影へと吸い寄せられるようにして進む。

「捨てたいものがあるの。持って行ってくださる？」

「あ……あの……元気でしたか……」

「今日は自己紹介しないの？」

「こ……この地域で廃品回収をしております、エコジャン株式会社の五味熱郎と申します」

ソフトクリームがゆっくり溶けて足元へ落ちていくように、言葉が口からどろりと溶けて出る。

「相変わらず珍しい名前ですね。椎子です。A、B、Cのしいこです」

「元気でしたか……椎子さん」

「なんで泣いてるの〜！　泣かないでアタローくん！　疲れてる？　大丈夫？」

どうやら僕は泣いているらしい。肌がぴりぴりと痛み、唇が震える。嚙み締める奥歯がかち割れてしまいそうだ。

「もう二度と出会わなくていいのなら、そんな幸せなことはないと思っていました。あなたに会ってしまうと、僕は駄目になるんです。元から駄目な人間なのに、もっと駄目になります。来週は、明日になれば、今日こそは……こんな人間なのに。希望を持ってしまうから。何でも話してしまうから。抱えたどうにもならない不満も自分の無力さも、恥も外聞もなく晒《さら》してしまうから」

「うん」

「あなたの腫れた右目がその後どうなったかなとか、無事家に帰り着けたかなとか、いつか電話がかかってきたら、僕はそのとき何秒で取れるかなとか」

「うん」

斜め後ろから椎子さんに当たる陽まで柔らかくて、張り詰めていた緊張が一気に崩れ去る。包まれるような優しさと、夏夜の信頼を損なってしまう申し訳なさとで、咽《むせ》ぶほど涙した。

「アタローくん。おうちにね、運び出せない荷物があるの。運んでくれる？」

断らなければいけないのに、招かれるまま玄関を潜《くぐ》る。花を敷き詰めたような香りがする。古い記憶が思い起こされる。

「ジョセフ久しぶり」

いつかと同じようにして、

——今日も僕は君より下だよ。

と、犬に向かってお辞儀をする。

「持って行ってほしいのはこれね」

通されたのは居間ではなくベッドルームだった。人差し指の先にはマットレスがある。

「めっちゃ高そうですけど、いいんですか？」

「また買えばいいから」

「……もう二度と椎子さんには会えないような気がするから、アホのふりして聞いていいですか？」

「いいよ」

「旦那さんとうまくいってないんですか」

「うーん……そうだねえ。私が不良品だからいけないんだけどね。それでも、やっぱり今回は我慢できなかった」

「不良品？」

「電源ボタンの凹んだリモコン、調律の合わないピアノ、そんな感じの不良品。私ね、名家に嫁がせて良好な関係を築くためだけに生まれてきた三番目の子なの。A、B、C子。歳の離れた姉二人は、勝手気ままに生きることを選んで早々に家から離れていったから、政略結婚させるための持ち玉が私しかいなかったの。要人の妻になったときに恥ずかしくないようにするためだけに育てられてきた。でもお母さんからはあまり〝人間〟として見られてる感じはしなかったのね。『C子はお利口さんだからひとりでできるよね？　お姉ちゃんたちが大変だから私にあまり迷惑はかけないでね？』ってよく言われて育ってきたの。視界に入れてもらえることさえ少なかったなあ……お辞儀をされたこともある。母親にだよ」

　いつも緩やかで単調な椎子さんの口調が、抑揚を帯び始める。僕は相槌すら打てず、流れ出る言葉を誤解することなく正しく受け取るよう注力することしかできない。

「人並みに恋をしたりもした。恋なんかしちゃいけなかったのに。どうせ結婚する人は決まっているのに、それまでの暇潰しにしかならないのに、恋をした。簡単にその人を捨てて、私は今の旦那と結婚した。そしたら私、不良品だって」

「不良品なんかじゃ……」

「子供を産まないといけないの。でもね、何度そういうことをしても子供はできなかった。何度も産婦人科に通って自分の体を調べてみたけど、何の異常もなかった。私じゃないのに。あの人が無精子症なのに。親たちはもちろん、子供が生まれることばかり気にするのよね。『いつになるんだ？ いつまで待たせるんだ？ 早くお前は後継を作らないと』って。でもあの人のプライドが許さないからって、私の体の都合で子供ができないってことにされてる。有名なお医者様たちにも診てもらって、それでも原因が突き止められないから、私がきっと不良品なんだ、って噂されてる」

「そんな……なんで言わないんですか？ 旦那がそうなんだって」

「ね。口を滑らせて言っちゃえばいいのにね。あの人、私のことなんて好きになったことさえないから、私にどう思われようと構わないの。この前はこのベッドで若い女の子ふたり呼び付けて3Pしてた。気色悪い」

「だからマットレスを……」

「これまで廃品でお願いしてたのも全部あの人の！ でも全然気づかない！ 私との生活のすべてに何も興味がないんだなあ。笑えるよねえ本当に。惨めだ惨めだ！ 多分私がいなくなっても気づかないんだろうねえ～サンドバッグがどこかに消えたなーくらいには思ってくれるかなあ」

語気を荒らげながら涙を流す椎子さんから発せられる引力に抗《あらが》うことができない。一歩、二歩と彼女に近づき、肌が触れる。こんな僕が嫌いだ。最低だ。街に夕方五時を知らせるチャイムが鳴る。間の抜けた影が二つ、広いベッドルームに重なって伸びる。それはとても煤けた黒で、どんなに拭いても落ちない黒だった。

「じゃあ、持っていきますね」

「うん。ありがとう。私も端っこ持つよ」

時計の針は長針と短針が真下を向いて重なり合っている。ずいぶん長居してしまった。マットレスを荷台へと担ぎ込み、スマホを見ると夏夜からの着信が一七件入っている。報告できるはずもなかった。今日の前に見えている景色のことを。この二時間弱の話を。

「アタローくん？　どうかした？」

「いや、大丈夫です。すみません事務所から連絡入ってて」

「ごめんね引き止めて。またこれまでみたいに連絡しても大丈夫？」

「そ……うですね、あの、廃品出したい日を教えていただければ」

「そうね。うん。何か引き取ってほしいものがある日に連絡する」

両者共に居心地の悪い空気を感じ取っていた。西の地平線にすぽんと太陽が引き摺り込まれ、辺りを濃い橙色に染め上げる。


「アタローさん」


背中が攣《つ》るのがわかった。声のする方を見るまでに数秒必要だった。呼吸を整え、頭を回転させ、指の震えを鎮《しず》めなければならなかった。たった数秒で、世界は橙から漆黒へと移り変わる。

「アタローさん、その人から離れて。こっちに来て。怒らないから。全部赦してあげるから……ほら！　早く！　アタローさん！」

夏夜はそこにいた。怒りを買わないようにと懊悩してもこの場に適した言葉が浮かばない。深緑の目に捕らえられた瞬間、筋肉は硬直し音すらも失う。逃げ出してしまいたい。努めて冷静に振る舞うように。卒倒してしまわないように。

「アタローくんはただうちのマットレスを運んでくれてただけよ。そんなに威嚇《いかく》しないであげて」

チッ、と夏夜はこちらに正確に伝わるような音量で舌打ちをした。初めて舌打ちの音を目で見た。汗が背中を伝って尾てい骨まで至る。全身から汗が吹き出し強烈な悪寒に包まれる。

「ほら、アタローくん怖がってるじゃない。そんなやり方で束縛しても……」

「ちょっと黙ってろ若作り年増がよ。私たちの世界に入ってくるな。今すぐ消えろ」

　夏夜から初めて聞く言葉だった。中華料理屋のおばちゃんには、あんなにしおらしくしていたのに、握った鈍器を振り下ろすような言葉遣いだった。夏夜は一度も椎子さんに目を向けない。両方の瞳は僕の心臓を握って離さない。寄り付くことも逃げ出すこともできないままでいる。どれだけ頭を捻《ひね》ろうが正解を導くことはできない。しかし何も出来ないままだとこの事態をさらに悪化させる。

「よくうちを使ってくれるお客様で、久しぶりにお会いしたから近況報告兼ねておうちにお邪魔させてもらってただけ……」

「そんな人と二時間も何を話すことがあるんですか」

「僕の……僕の会社の社長が最近亡くなって、その話を聞いてもらってた……」

「私には話してもくれなかったことをこの人にペラペラ話すんですか？　アタローさんはそんな人なんですか？」

「夏夜には心配かけたくなかったから……言えないこともたくさんあるよ」

　努めて冷静に、丁寧に、感情を込めずどうにかこの場をやり過ごそうとしていたのに、自衛するために攻撃的態度を取るしか手段がなかった。子供のようだ。

「はぁ……アタローさん、聞いてください。あなたが嘘をつくのが嫌なんじゃないんです。あなたの嘘を許せるようになってきた自分が嫌なんです。もうそんなの嫌なんです……とにかく、その人とはこの先の人生で関わらないでください。私とこの先も一緒にいたいと思うのなら」

　椎子さんは黙ったままその場を動かない。遠くでジョセフの吠える声がする。

　ジリジリと夏夜の足が僕へと迫る。自分の中心で鼓動がリズムを乱しながら鳴っているのがわかる。胃の中の酸いものが食道を上って、僕は道路の真ん中で嘔吐してしまった。

「大丈夫⁉　アタローくん！　ちょっと待っててねお水持ってくるから」

椎子さんが駆け寄ってきてくれた刹那、夏夜が僕の前に立つ。

「私のだから気安く触るな。金輪際近づくな。わかったか？」

痰を吐き捨てるようにして椎子さんへとぶつける。

「あなた……どこかで会ったことある？」

「……消えろ」


程なくして、僕に行動の自由というものはなくなった。

「私をもう不安にさせたくないんですよね？　私はアタローさんが今のままスマホを持ってるだけで不安になりますよ？　どうしたらいいと思いますか？」

「……パスワード共有するし、いつでもスマホ見てくれていい。位置情報も共有する」

「位置情報は既にやってます。なのにあの女のところ行ったわけじゃないですか。行けるわけじゃないですか。私に心配かけようと、私に嘘をついて行く人じゃないですか。アタローさんのことだから連絡のやり取りはすぐに削除して私に見つからないようにコソコソやるんじゃないですか？　そういうことが平気でできる人ですもんね。自分がやったことわかってますか？」

「ごめんなさい……スマホ解約します」

「本当に？　でもそれじゃあ私に連絡できなくなっちゃうから、私が新しいの買ってあげますね。でも余計な機能はいらないですよね」

そんな流れで、使っていたスマホは解約し、買い与えられたシニア向け携帯電話を持つことになった。

会社での仕事も、社長に相談し外回りではなく書類の整理や関係する自治体や清掃業者との連絡係を務める内勤へと変わった。

これらはすべて、自ら提案して行ったことだ。強制されたことではない。あくまで夏夜は、僕が正しい人間になるための手伝いをしてくれているのだ。夏夜は優しい。夏夜は正しい。

「信頼は愛情じゃ賄《まかな》えないんですよ。わかりますか？　信頼は？」

「愛情じゃ賄えない」

「そうです。何回も自分で言って覚えてくださいね。アタローさんの人生のすべての時間を使って、私に信じさせてくださいね」

あんなことをしてしまったのに夏夜はまだ一緒にいてくれる。僕はなんと恵まれているのだろうか。夏夜の信頼を損ねるわけにはいかない。僕には元から友人もいなければ、頼りにしていた先生もおっちゃんもいない。慕ってくれる貴美子もいない。椎子さんにも会えない。スマホを解約したら、これまで流しながら聞いていたＹｏｕＴｕｂｅｒの声すら忘れた。

僕にはもう夏夜しかいない。夏夜しかいなくて幸せだ。


夢で僕が浮気をしていたと、夏夜は僕を叩き起こし怒鳴りつける。

「ごめんね不安にさせて」

と背中に手を回し抱きしめながら謝る。

「アタローさん、私に何も嘘ついてない？」

それは呪文のような言葉で、何もしていないし、しようがない生活なのにも拘《かかわ》らず心臓はザワつき目は泳ぐ。

「嘘つく人は嫌いです。尋ねて二度目以降でしか本当のことを言えない人も嫌いです」

「嘘ついてない。大丈夫……」

もはや自分のことすらも信じることはできない。

「じゃあベランダのタバコの吸い殻は誰の？」

「え、僕のだよ。タバコなんか僕しか吸わないし」

「でもアタローさんはタバコ吸ったら空き缶にいつもちゃんと入れるじゃないですか。吸い殻だけポイ捨てしないですよね？」

「いや……ちゃんと入れたはずだけどな」

「女に吸わせたかもしれないですね。『俺のタバコだったらバレないから』って言って私がいない間に誰か他の女連れ込んで……アタローさんはそういう人ですよ」

「そんなことしない。でも、疑わせるくらい不安にさせてごめんなさい」

「私のこと好きですか？」

「好きです」

「結婚しようって言いましたもんね」

「……はい」

夏夜は僕につけたピアスをなぞり、キスをする。そんな会話から一日は始まる。


どんな疑いをかけられるかわからないから、事務所に到着するまでなるべく誰とも目は合わせない。出社して挨拶はきちんとするもののオダさんたちとも話はしない。作業が終われば即座に帰宅する。今日も誰とも仲が深まるような会話はしなかったことを夏夜に報告する。

「えらいですねアタローさん。そうやって毎日正しく生活してくれたら、私も少しは安心できます。すぐご飯にしましょうね。教室で新しいお料理習ったんです。美味しいといいなー」

一切の人間関係を排除すると、不思議と生きやすくなった。顔色を窺う必要がないと、全員同じ顔に見える。オダさんたちなんかは同じ名前で同じ顔だ。三体ぴぴぴと繋げてしまえば消滅してしまう。僕は夏夜がご機嫌に生きていてくれたらそれでいい。それ以外のことなんか何も望まない。

「そういえばアタローさん。昨日、二十三日でしたよ。アタローさんの代わりに木の下に花束置いておきました」

「え⁉」

僕はあれほど拘《こだわ》っていた先生の月命日すら忘れて過ごしていた。あれくらいしか僕の生活の中に棲み着いたルーティンというものはなかったのに。

――先生、ごめん。

「先生、寂しくさせちゃったかな」

「ふふ。許してくれますよきっと。優しい人だったんですよね?」

「うん……でも」

「明日起きたら一緒に、私の家に行きましょう。私にも先生とお話しさせてください。アタローさんの世界のこと、全部知っておきたいです」

夏夜は優しい。いつでも僕のことを理解しようとしてくれる。僕に寄り添ってくれる。機嫌がいいときには僕から言葉を取り上げないでいてくれる。優しく、献身的な僕の恋人。

その晩食べた牛肉と菜の花のわさび炒め、麻婆春雨、そして皿いっぱいのチャーハンのことを、生涯忘れることはないと思う。夏夜の作るチャーハンは胡椒が効いていて美味しい。僕好みのもちゃっとしたチャーハンだ。先生と行った中華料理屋が、僕の世界での一番だとしたら、それに次ぐくらいには美味しい。こんなことを夏夜に言ってしまってはきっと気分を害してしまうだろうから口に出すことはない。夏夜と過ごす時間は温かくて、落ち着く。冷たくて鋭くて傷だらけになってしまう瞬間以外は、とても楽しくて幸せだ。

「ごちそうさまでした」

その晩、僕は優しい夢を見た。中華屋の暖簾をくぐると一番奥の特等席で先生とおっちゃんがふたりで瓶ビールを注ぎ合って乾杯をしている。

「おいアタローちゃん！　遅いわほんまにー。仕事頑張りすぎてんとちゃう？」

「いやいや先生、うちの仕事で忙しいことなんか一個もねぇからよ。サボり放題早帰りし放題！　ゆるい仕事だよなあ、ごみくん」

僕はおっちゃんの隣の席に座り、先生に酒を注いでもらい、三人でカチンとグラスを鳴らす。おっちゃんはいつも通り綺麗な作業服を着ている。

「アタローちゃん勉強頑張ってたのになあ？　こんなやつのとこで働いてもーて」

「おい先生聞き捨てならねえな！　うちの会社は立派だぞ？　一流大学出てへーこらへーこら頭下げながら営業日標追って働くよりも、一軒一軒回って人からありがとうって言われる仕事の方がずいぶんやりがいはあってもんよ」

「先生とおっちゃんいつの間にそんなに仲良くなったんですか」

飲み干したグラスを握ったまま、心が熱を持つ。

「あまりにもこっちが暇やからさ、アタローちゃんのこと知ってるやつをこっちの世界で探してたら河合ちゃんと知り合って、仲良うなってん」

「おいもう河合ちゃんって呼ぶなよー。死んでからも婿入りした苗字で呼ばれんの恥ずかしいんだからよー」

ふたりは明るく笑っていて、僕は泣いていた。

先生とおっちゃんと三人で色々な話をした。ひとつとして覚えていないけど、きっと抱えていた不安な気持ちや、考えても仕方のない〝あり得たかもしれない世界のこと〟なんかを話していた気がする。三人で囲んだ食卓はとても温かくて、チャーハンはやっぱり世界で一番美味かった。

「先生が言ってた世界で二番目に美味いチャーハンってどこで食えるの」

「あー、言うてなかったな。最近うちに……」

そこで目が覚めた。目の周りが温かく濡れていて、手で拭《ぬぐ》って一口舐めた。夢の中でこれは夢だと気づいていた。優しい夢を見られた日の朝は清々しい。

夏夜の眠るベッドを静かに抜け出し、青くなり始めたばかりの住宅街を歩く。空気が澄んでいると感じるのはいつ以来だろうか。胸一杯に吸い込んで大きく吐き出す。

烏が昨晩ルールを破って出されたゴミ袋を突いて中身を引っ張り出している。たくさん食べて健康に生きてほしい。ガリガリの猫に少しだけ分けてあげてほしい。みんなで仲良く暮らしてほしい。

歩くのに飽きて徐々に駆け足になる。裸足で地面を蹴るのは気持ちがいい。家からポケットに忍ばせてきたものがシャカシャカと鳴って邪魔臭いので手に持って走る。止まっている街並みがビュンビュンと線になって目の横を通り過ぎる。裾の足りないカーテンから差し込んでくる朝日はあんなに腹が立つのに、全身で浴びる朝日はこんなにも気持ちがいい。早く知ればよかった。人生なんてそんなもんだ。理由をつけて嫌っていないで、抱き寄せて好きになっていればよかったと思うことばかりだ。

走って走って事務所に辿り着く。足の裏に小石が食い込んで痛む。

——くっそ、痛えな足の裏。

そう思って悪態をついている自分が面白い。お前が裸足で走るからだろう。

事務所の扉を開け、愛車の軽トラの鍵を取る。僕のただ一つの場所。誰にも侵されることのない愛すべき場所。高校時代に流行ったJ‐POPを口ずさみながら河原まで軽トラを走らせる。何年経っても青春時代に聴いた音楽の歌詞は忘れないものだ。刻まれていると言ってもいい。

「信頼は愛情じゃ賄えない」

しっかりと刻まれた言葉。僕を愛するが故の言葉で、僕のことを一生愛していたいという願いの言葉。

——こんなにも愛されてしまっていいのだろうか……

これまでの僕ならそう思ってしまっていたのだろうが、注がれた愛を疑うだなんて哀しすぎる。手向けられた花束を目にしたとき、貴美子も同じことを思ったのではないだろうか。もっと自然な形で、つまらないとしてもありきたりな形で愛されたかった。

エンジンを止め、深呼吸をする。

錠剤を頬張れるだけ頬張り、何度かに分けて喉の奥に流し込む。

ゴミ置き場から拾った煉炭コンロに火をつける。

眠い、暑い、苦しいが代わる代わる押し寄せるが、河原から見える景色が穏やかで何も考える気分にならない。視界が柔らかく滲んできて、唾を飲み込めなくなってくる。だんだんと指先の感覚を失う。自分の体のコントローラーの線が抜かれてしまったようで面白い。

青白く燃えた黎明《れいめい》は、くっきりとした黄色みを帯びて朝になっていく。

青空に飽きたと思っていたのに、こんなにも青空が気持ちいい。

僕はやっぱり、こんな世界で生きることが大好きだった。

『夏夜ちゃんへ
最後まで心配かけてごめん
これ以上生きて君を失望させたくない
幸せにできなくてごめん、幸せだったのに手放してごめん
こんなときでさえずっと僕は僕のことしか考えていなくて情けない
眠った君の陶器のような肌に、僕の汚い涙が垂れないように

冷たい机に座って筆を執っています
僕は自分のことを達者な人間だと思って生きてきました
あの夜、カマキリを怖がった君に出会うまで、ずっと
教壇に立ったことがある、少しばかり地頭がいい、爪を隠して廃品回収をしているだけ
下から人を見上げるフリをしながら、世界をずっと見下していたんだと思う
でも夏夜ちゃんを前にすると、降参するしかなかった
澱《よど》みなく余すところなく愛してくれる君のことが怖かったんです
こんな僕なのに、とずっと思っていました
僕は僕の小ささを認めるのが怖かったんです
それに気づいていながら、僕に優しくしてくれてありがとう
こんなに愛してもらえたのは初めてだったから怖かった、それでいて幸せでした
僕に生まれて初めての両思いをくれてありがとう
病気せずに暖かくしていてください
たくさん温かいご飯食べてください』

耳鳴りがする。視界は未だ真っ暗で、自分の体がここにあるのかどうかすらわからない。これが今、僕の感覚としてここに在るのかもわからない。

「なんであなたがここにいるの」

「なんでって、回収をお願いしようとして事務所に電話したら、アタローくんが病院に運ばれたって聞いて

え……」

鼓膜をざらざらとなぞる音に聞き覚えがある。湿度の低いサラサラとした声と、角のない丸い声。互いにぶつかって錯雑する。流れる音が、文字として処理されず、摑んだ砂のようにするすると通り過ぎる。

「あなたには無理よ。あのとき私が抱いた違和感は間違いじゃなかった。私たち会ったことあるわよね？」

「黙れ。それ以上アタローさんの前で喋るな」

「あなたには何もできないし誰も救えない。とても未熟で、無力なの。あのときだってそう感じたんじゃないの？　……あなたじゃ駄目なのよ」

「ずっと……ずっとお前だけは許さないと思って生きてきた。アタローさんにだけは触れさせないようにと思って生きてきた。なのに……」

サラサラとした声に、ヒビが入る。

「……のくせに、気持ち悪い」

丸かったはずの声が棘《とげ》を持ち、弾けて消えた。そこからまた、真っ暗で何も聞こえない海に溶けていった。浮力なく、錘《おもり》をつけられたように海底へ沈んでいく。その力ない真っ暗闇が僕には似合いそうで、少し嬉しかった。

三日間ほど、僕は眠りこけていたらしい。目を覚ますと医師がやってきて事態の説明をゆっくりとした口調でしてくれた。

僕は病院の特別個室というところにいるらしい。僕の住んでいる狭くて息苦しい部屋とは比べ物にならないほど綺麗でシックな色合いの設《しつら》えでまとめられた、シンプルモダンな部屋だった。病院に運び込まれたあと、椎子さんの伝《つて》で特別にこの部屋に移動させてもらえたらしい。こんなホテルのような部屋に入るお金はないと焦って伝えると、椎子さんから入院費はいただいているとの話を受ける。

ロンドンにいる母親も僕の容体を見るために緊急帰国した。脈があることを確認してこの部屋で一日を過ごしたのち、その足でまた空港へ向かったらしい。

「『生きててよかった。目が覚めて記憶喪失になってなかったら連絡しておいで』とのことでした」

医師は気まずそうに母の伝言を伝える。お辞儀をして窓の外を見つめると、最後の記憶と変わらない青空が広がっていた。僕が命を絶とうがどうしようが、何も変わらないことをまざまざと見せつけられているようで気持ちがよかった。ふかふかのベッドに寝転んで体重を預ける。自分の重みでバネがギリギリと微かに鳴るのがわかって、ようやく生きている実感を得る。生き延びてしまった。生き延びたことを嬉しいと思う暇もなく、謝らなければならない人たちの顔が浮かぶ。なんと寂寞《せきばく》たる生還だろう。

ベッドサイドのローテーブルに何かが置いてあるのを見つける。筋肉が一気に緊張し攣りそうになる。心臓の鳴る一音一音が体を揺するようだった。


「さようなら」

と裏面に殴り書きされたタクシーの領収書と、

〝遺書〟

と流麗な文字で記された封筒が置かれている。


「さようなら」

と記された筆跡は、僕の心臓の真ん中に、解けることのないよう固く結ばれたあの文字だった。

今度はぐしゃぐしゃに丸めることなく、丁寧にテーブルに伏せる。

もうひとつの封筒は、角が折れており少しだけ黄ばんでいる。

二枚の便箋が現れる。紙は皺が寄っていて、水滴を落とした痕も見える。

手紙の書き出しは、あまりにも潔《いさぎよ》いものだった。

「俺は、君のためにこれから死にます」

見覚えのある〝す〟の文字だった。

先生が書いた、癖のある字だった。

夏夜

これは、私の告解です。

アタローさんは私の神様でした。いつも優しくて、繊細な、すぐに壊れてしまいそうな薄いグラスのような人。あれでビール飲むと美味しいらしいですね。私はお酒弱いのでわからないけれど。

生まれ落ちた瞬間から、私の人生は〝普通〟ってものとは違っていたように思います。結果論ですけどね。外装に煉瓦をあしらったマンションの七階、エレベーターから一番遠くの突き当たりの七一一号室が私の住む家で、そこにお母さんとふたりで暮らしていました。セブンイレブンの部屋に住んでいるんだと、お友達に自慢したこともあります。

お父さんは、存在はしているけれどもお父さんではありませんでした。隣の七一〇号室に住むトモちゃんのパパが、私の父親です。トモちゃんは私より二つ年上の手脚の長い、容姿端麗な女の子でした。トモちゃんのおうちにはエレクトーンがあります。小学生の頃、毎週土曜日のお昼にはトモちゃんのエレクトーン発表会が開催され、よく聴きに行きました。長い脚で足鍵盤を弾《ひ》くと、トコトコと音が跳ねていくのがわかります。トモちゃんママは優しい人で、いつもグレープジュースとロータスビスケットを出してくれます。夏は素麺も湯がいてくれるんです。

「ナツヤくんの髪はサラサラで真っ黒で綺麗だね」

そう言ってトモちゃんママは私の髪をよく撫でてくれました。私は、お母さんからあまり頭を撫でられずに育ってきたから、その手の温度がとても嬉しかったのを覚えています。

燃えるような暑さが襲う夏の夜のこと、運命のように惹かれ合ったふたり結実としてこの世に生を受けたのが、私です。お母さんがあまりに熱心にそのことを語るから、何もおかしなことだと思わずに、〝自分の名前の由来をお父さんお母さんに聞いてきましょう〟という宿題にそのまま書くと、先生は苦笑いしながらこう言いました。

「大葉くん……そういうのは、ちょっと、こういうところでは言わない方がいいかもしれませんね」

幼かった私も、クラスの全員もその意味がわかっていなかったけれど、今となってはあの先生、だいぶやばいやつだとわかります。今頃他の理由で懲戒免職になっていそうなやばさです。

小学五年生の秋口、私はお化粧に興味を持ちました。お母さんは毎朝、完璧な化粧を施して病院に出勤します。巷《ちまた》では容姿端麗なシングルマザーだと評判でした。お母さんと歩くと八百屋のおじさんや、魚屋のおじさんが勝手にサービスしてくれます。お惣菜は安く買えます。自慢のお母さんでした。

「お母さんの部屋には、私と一緒にじゃないと入っちゃいけないよ」

ときつく言われていたのですが、学校から帰宅してすぐ、言いつけを破って一人で入ってしまいました。カーテンの開いていないお母さんの部屋はほんのりとムスクの香水の匂いが立ち込めていました。鏡台の前に立ち、引き出しをすべて開けてルージュを探します。三段目の引き出しに、ベージュ、ピンク、レッドのルージュが綺麗に整頓されて仲良く並んでいました。

その横に、美しい深緑色をした革の手帳と黒い箱も置かれていました。あの頃の私は怖いもの見たさに、戸惑うことも自制することもなくサッとその手帳を開きました。

『10月20日　シンキさんがうちに来てくれた。髪色を新しくしたことにすぐに気づいてくれた』

『12月28日　シンキさんは仮の家族と一緒に白幡八幡神社で年越しをすると教えてくれた。初詣は夏夜を連れて同じ場所に行く。シンキさんと同じ場所で年を越したい』

『1月1日　年末だというのに夏夜が熱を出したのでシンキさんと年を越せなかった』
『5月19日　夏夜を連れて歩くのが恥ずかしい。ちゃんと男の子として生きていってほしい。私の育て方が悪かったのかもしれない』

読みながら、恐ろしさと自分という存在の忌々《いまいま》しさに涙が止まりませんでした。私は生きているだけでお母さんを悲しませる生き物なのだと痛感したのです。

黒い箱を開くと、そこにはコンドームが綺麗に並べられていました。コンドームが減っていくにつれて、愛は深まっていくのだとも、その日記に書いてありました。それならばなぜ私は生まれてしまったのでしょうか。愛のなかった日に、残念ながら生まれてしまったのでしょうか。

その日以降、私はお母さんの部屋に足を踏み入れていません。精神科医として働くお母さんの唯一の心の逃げ場だったあの手帳を、私が盗み見てしまったときから、親子としての関係は破綻していたのだと思います。

「学校にね、関西弁の先生がいるんだけど、『許してやったらどうや』って正しく発音できないんだよ。お母さん言える？」

「許してやったらどうや」

「やっぱ言えるよね。『許してやったらどうだ』に変えたら、もう標準語でしょ？　でもそれも言えないの。許してやったら、って上ずってんの。主旋律とハモリがあったら、ずっとハモリの方で歌ってる感じ」

「関西特有なのかな」

「わかんないね。……お母さん。気づいていると思うけど、私は女なのね。女として生きていきたいの」

台所で、料理をするお母さんの背に向けて、自然な流れでカミングアウトしてみました。

「あー……そうなんだ……」

娘の一世一代の大勝負への答えが、あーそうなんだ、だったんです。もちろん戸惑っているのもわかっていたし、日記を盗み見てしまった負い目もあったし、お母さんに〝母らしい回答〟を求めようとも思っていませんでした。

「……許してやったらどうや」

「許すも何も、私はナツヤの味方だからね」

「ありがとう。私も、何があってもお母さんの味方だからね」

反射的に返した夜、私は電子辞書で〝味方〟の意味を調べました。

――【味方／読み方：みかた】自分を支持・応援してくれる人。また、対立するものの中で、自分が属している方。

なるほど。男と女が対立しているとき、お母さんは女側で、私も女側に入れてくれたってことなのか、と思うことにしました。私は見事、女軍に加勢することになったのです。

外では雨が降っていて、私の鼓動の音を掻き消してくれているような、懺悔《ざんげ》しなければいけない罪を洗い流してくれているような、そんな温かさを感じました。

寝つけない夜は、昔買ってもらった山岳写真集を眺めます。中でもヒマラヤ山脈が好きで、よく眺めます。ヒマラヤ山脈では山なのに海の生き物の化石が見つかります。人間が生まれるよりももっと前、南半球にあったインド大陸がユーラシア大陸とぶつかって、海だった部分がゴゴゴゴと盛り上がって山になったと言われています。山なのに海の生物が見つかるんです。そのチグハグさが好きです。私も多分、お母さんの体の中にいたときには海だったのに、生まれるタイミングで山になったのだと。私はヒマラヤ山脈に同情しながら、夜を過ごしていました。

我が家には特殊な風習がありました。カーテンを一切開けないのです。日が射す時間帯はカーテンは開けるものだと知らないまま育ちました。家で浴びる光はシーリングライトの光、ベッドサイドの灯、懐中電灯、それくらいです。

そのおかげなのか私の肌は真っ白でした。青白く浮かぶ血管が綺麗に見えます。でもやっぱり、日に当たらないと植物と同様、人の体も立派には育たないようです。高校生になっても私の身長は一六〇センチには届きませんでした。おまけに年がら年中風邪を引いているような体の弱さだったので、外で駆け回ったり、休み時間の十五分間で校庭にサッカーをしに出かけたりもしません。当然、自分が外に行って暴れて帰ってきたせいで汗をかいているのに、

「教室暑すぎねえ？　最悪だわまじで。あっちー」

と不満を言いながら授業中ずっと下敷きで肌を扇《あお》ぐような真似はしません。


ある日、休み時間が終わって外から帰ってきた男子数人が、きゃっきゃと盛り上がりながら私の机の上にポンッと何かを投げました。白色のカマキリでした。

「お前にそっくりなカマキリいたからプレゼントな！　シロカマちゃん！　白くてカマっぽいシロカマと、白いカマキリのシロカマ！　俺天才っ！　はっはっはー」

メガネをかけていて、低身長で、栄養が足りていなくて青白い私は、その日からシロカマと呼ばれるようになりました。大きなふたつの鎌を振り上げた白色の虫は、私に向かって体を大きく広げ威嚇しました。

「きゃあああああ」

私の声が私の耳に突き刺さり、失神してしまいました。カマキリに驚いたのか、自分から出た出生時以降初めての大声に驚いたのかわかりません。気づいたときには保健室にいました。

反応の派手さがバレてから、私はクラスメイトの格好の餌食になりました。

「これはいじりだから！　いじめじゃないから！」

と言いながら、私の机に虫を置くようになりました。カマキリは問答無用でアウトです。蟬の抜け殻、ダン

ゴムシ、テントウムシは箒とちりとりがあれば、自分の手で窓から放り投げることができました。バッタ、カメムシなどは耐えられませんでした。なぜだか蟬は、ちょっとだけ大丈夫でした。どうせ七日間しか生きてないしって思うと情けをかけられるからでしょうか。

「先生！　教室に虫が入って大葉くんが倒れちゃいました！」

虫を机に置いた張本人が、教室に入ってきた先生に報告します。

――犯人はそいつだ！

と思いながらも、私は恐怖でそれどころではありません。虫だけに留まらず、机が雑巾臭かったらどんな反応をするのか、上履きに画鋲が入っていたらどれくらい痛がるのか、後ろの席から髪の毛を切ったらどれくらい嫌がるのか、いろいろな検証が行われました。

「まじでシロカマちゃんダチョウ倶楽部入れるよ！　出川はもう既に越してる！　僕たちは～リアクション芸人で～すって言ってみて」

あくまでそれは〝ドッキリ検証〟であり、いじめではなくいじりだと、彼らは言います。私はリアクション芸人さんたちのことを尊敬しています。確かにみんな、腹を抱えて笑います。傷つけば、多くの人が私を嗤います。お金をもらっても、こんな仕事はしたくないと思いました。

体育の時間は特に苦痛でした。

〝とりあっこ〟と呼ばれる、リーダーが自分のチームメンバーを決めるためのじゃんけんでは、一番最後まで売れ残るのです。人数が一人少なくなったとしても

「シロカマちゃんはいらないわ～」

と煙たがられ、どのチームに属することもできませんでした。遂には〝無限審判〟という役職を与えられました。点数を両手で数える。ボールがラインを越えたら手を上げる。時間を測る。あと何分でボール片付けかを

伝える……体育とはなんなのでしょうか。

それでも、動いて汗をかくよりはマシかと、その時間ゆっくり休んでいました。数人の男子が私に近づき、

「どうよ最近、元気してんの？」

と問われたこともないような質問を投げかけます。戸惑いながら頷くと、彼らはまたサッと歩き出し、こちらを振り返って意地悪な表情を浮かべて言います。

「おーいシロカマちゃーん！　背中になんかついてるよー」

ケラケラと笑うので何かと思い、首を精一杯捻ってみるのですが、自分の背中を見ることはできません。校舎の窓ガラスに駆け寄って映すと、モゾモゾと私の背中を這い上がってくるカマキリが映りました。

「きゃあああああ」

私は何度も悲鳴を上げます。体操着を脱ぐこともできない。背中に手は届かない。けれども確実にそこに奴はいる。逃げることのできない恐怖が私を摑んで離しません。


神様は、そこに現れました。

「カマキリ？」

私はコクコクと頷くしかありませんでした。神様は両手でカマキリを背中からゆっくりと引き剝がし、ブンと空に放り投げました。羽を広げてどこかへ飛び去っていくカマキリを見上げたあと、私は気を失いました。


「大丈夫そう？」

次に目を覚ますと、神様が私の顔を覗き込んでいました。

――ああ、とうとう私、カマキリにショック死させられたのか。なんて情けない死に方なんだろう。

「ん？　なに？　水飲む？『先生この時間ちょっと抜けるから』って言われて、僕しかいないんだよね、ご

めんね」

「あ……ありがとうございます。ここ、保健室ですか？　私また失神しましたか？」

「そう、保健室。なんだー、よく失神するのか！　ビビったよ結構。目の前で気失う人見たの初めて」

「ごめんなさい。本当にごめんなさい」

「なんで君が謝るの。カマキリねえ、キモいよね。一年生か。大葉、カヨちゃん？　おおばかよちゃん。大バカよ？　え、これ偶然？」

今でもわかりません。なぜ私のゼッケンにつけられたフルネームを初めて見て、カヨと読んだのか……しかもちゃん付けです。

「あー……そうですね、カヨです。大バカよ、の大葉夏夜です。変な名前ですよね」

私はその日、初めてカヨになりました。

「僕、アタロー。三年八組」

「アタロー先輩、でいいですか？」

「うん。熱いに、太郎の郎でアタロー。アツロウじゃなくてアタロー。両親が熱海旅行に行ったとき仕込んでできた子供だから、熱海のアタロー」

「ああ、熱海のアタロー先輩……」

「熱海のじゃない。熱海で仕込まれただけ。苗字は五味。五つの味で五味。父親の苗字で、母親はイチバガセ。一番に、関ヶ原の合戦の合戦って書いて一番合戦。どんな組み合わせにしても変な名前」

「電話で予約するときとか大変そうですね」

「五味熱郎も、後藤太郎もあまり変わらないから、ちょっとした用事のときは後藤太郎にしてる」

「いろいろ教えてくれてありがとうございます」

「うん。大葉夏夜って変な名前じゃないよ、僕も変な名前だから、安心……安心っていうのはおかしいけど。変な名前のやつっているから、大丈夫だよ」

神様の名前はアタローさん。五味熱郎さん。生え際がぼさぼさっとしていて凛々《りり》しく吊り上がった眉毛に、緩やかにカーブして斜め下に落ちる二重瞼。高校生らしからぬ目の下のクマ。うちの校則は厳しくて、ネイルもピアスもダメなのだけれど、アタローさんの両耳にはピアスの穴が見えました。小さくポツンと耳たぶに空いた穴にぎゅっと吸い込まれそうでした。

「あ、ピアス？　部活引退して、ちょっと調子乗ってこれ開けたら、生活指導に怒られた。自分の体くらい何してもいいと思わない？」

「かっこいいです……いつかピアスつけてるとこ、見たいです」

自分の口から溢れた言葉が、頭の中の黒板に一文字ずつ浮かび上がり、とんでもなく積極的なことを言っていることに気づき、また失神しそうになります。

「ピアスね、卒業したらかな。先生に迷惑かけられないからねえ」


保健室の扉がガラガラと開く音がしました。

「おー、アタローちゃんおった。平井先生からアタローちゃんが一年生の看病しとーって聞いて来たわ。大丈夫そう？」

野暮ったくボサボサに伸びた髪に、アタローさんよりひどいクマを連れた細長い目が私の顔を覗き込みました。たまに担任の代理で授業をしにくる関西弁の先生だということは認識していました。

「あ、はい。大丈夫です。すみませんご迷惑をおかけして」

「いや迷惑かかってへんよ！　アタローちゃん、さっきの男子たちにもお灸据えといたから」

先生はポンとアタローさんの肩に手を置いてニコッと笑みを浮かべます。

「え、なんかしたんですか？」

「ああ、アタローちゃんがな、君の背中にカマキリくっつけた男の子呼び出して怒鳴りつけててんや。それ見つけて、俺が訳聞いて説教して、仲裁して、今やな」


それからというもの、私への〝ドッキリ検証〟は一切なくなりました。腫れ物に触るように、丁寧に扱われました。アタロー先輩の怒鳴りが怖かったのか、普段穏やかそうに見えるあの不健康そうな先生が怒ったから怖かったのかわかりませんが、だいぶ効いたようです。

私は校舎の至るところから、アタロー先輩の姿を追いました。隠れながら彼の姿を追うことが趣味であり特技になりました。部活動には所属していませんでしたが、追跡部というものが発足すれば、私は一年生ながら類稀《たぐいまれ》なるセンスで部長に躍り出られるのではないかと自信をつけるほどでした。

アタロー先輩のおうちは学校から五駅離れたところにあります。お父さんやお母さんと一緒にいるところを見かけたことはありません。その代わり、一度帰宅したあと私服に着替え、中華料理屋さんによく通っています。中華料理屋さんには先生が遅れて合流します。二時間ほど経つとふたりは出て来て、先生はへべれけになって電車に乗って帰って行きます。

「大学合格！　おめでとーう！」

ある冬の日、中華料理屋さんから出て来てすぐに先生は大声で叫びました。

「やったぞー！　教師になるぞー！」

アタロー先輩も大きな声で両手を広げて叫びます。外の空気は冷たく、電柱の陰に身を潜めてずっと中華料理屋さんを観察していたので手も足もビリビリと痺れていましたが、そこで先輩の大学合格を知ることができてブワッと体に熱を持ち直したのを覚えています。

背の高い先生と、背の低い先輩とが並んで歩くと、そのシルエットは恋人同士のようでもあり、私の胸は疼きました。しかし、先生には妻とお子さんがいることは知っていました。たまに先生家族と先輩との四人でご飯を食べているところを見ていたので、その心配はないのですが。

先輩は京都の大学に合格しました。先生の出身大学と同じところです。

いよいよ先輩が、この学校からいなくなってしまう日が近づいているのだなと思い知らされます。不思議と寂しさはありませんでした。先輩がいなくなったところで私の愛は変わらないからです。生まれて初めて抱いた熱情です。会えなくなるからと言って即座に消えてしまうものではありません。寧ろ、これは永遠を手に入れるまでの滑走路でしかないのです。

卒業式の日も、先輩はずっとひとりでした。先生のところへ挨拶に行っていつもと変わらない表情で話したあと、記念写真を撮ることもなくさっさと校舎を後にしました。私と先輩は〝これが最後〟ではないので特に言葉を交わしませんでした。学ランを着た先輩を見られなくなるのは残念だけど、一方で、他のくそみたいな男子生徒たちと同じ制服を、先輩が纏わされているのは可哀想だとも思っていました。帰り道、いつも電車に乗って帰るところを、先輩は徒歩で家に帰りました。国道の脇道に、胸ポケットに挿した卒業生に贈られた一輪のお花を捨てた先輩の後ろ姿を忘れることはありません。

さて、問題はここからです。私も今すぐ新幹線に飛び乗って京都で一人暮らしを始めてしまいたかったけれど、そんなことできるはずもありません。私はこれからのアタローさんの未来を知ることはできるけれど、過去を知ることはできません。アタローさんの過去を何も知らないまま、人生を送るのは途轍《とてつ》もなく寂しいことのような気がしました。

そこで、私がアタローさんと過ごしてきた僅かな時間で一番隣にいた人物、先生に近づくことにしたのです。

三年生の担任を終えた先生が、次に担任を務めるのは、二年生になった私のクラスでした。アタローさんとの運命を強く確信しました。私と彼が再会することを、これからの人生一緒に歩んでいくことを、天が応援しているのだと思いました。


「大葉ちゃんは、どう呼ばれるのがええ？　大葉ちゃんでもええし、ナツヤちゃんでもええし、カヨちゃんでも」

「え、なんでカヨって知ってるんですか？」

「アタローちゃんって覚えとる？　カマキリ事件のとき面倒見てくれた上級生おったやんか」

「ああ……覚えてます！　もう卒業されましたよね？」

自分の白々しい演技に笑いを堪えるのに必死でした。先生は頷きます。

「そうそう！　あのときあいつが、『あの子のことはカヨちゃんって呼んであげてー』って言うててん」

「そうだったんですね……面倒なお願いをしてもいいですか？　人がいる前では大葉で、私とふたりのときはカヨって呼んでくれたりしますか？」

「おうわかったー！」

先生の返事は明るく、天気の良い日に嗅ぐお花のような香りが漂ってきました。なるほど、アタローさんが惚れ込むわけだと納得しました。アタローさんの情報を聞き出すには、ただの先生と生徒の関係でいるわけにはいきません。

――アタローさんのようにならなくては。

私の目標は、〝アタローさんを追うこと〟から〝アタローさんになること〟になりました。

国語の勉強は苦手だったけれど、人一倍勉強して、先生に気に入ってもらえるように努めました。放課後は、校舎からアタローさんが所属していた陸上部を眺めるようにしました。体が強くないので、実際に入部してアタローさんの気持ちになることは無理だったけれど、オペラグラスを購入して、部員全員のタイムを毎日計測しました。タイムの伸びが悪い男子生徒は普段の学校生活でどんな風に振る舞うのかを観察しました。

　帰り道は毎日、アタローさんが住んでいた実家の前をわざわざ通ってから自宅に帰るようにしました。放課後一緒に下校するデートをしているみたいで心地良かったです。

　頭の中にいるアタローさんはとても優しくて、夏の暑い日にはコンビニでアイスを買って分けてくれます。冬の寒い日には繋いだ手をポケットにしまってくれます。アタローさんはいつでも優しくて、いつでも温かくて、いつでも割れてしまいそうな人です。


「カヨちゃんのお母様は、今度の三者面談は来てくれそうか？」

国語準備室という、国語の専門資料がたくさん置いてある部屋に呼び出され尋ねられました。準備室の、古い紙たちが折り重なって醸す香りが鼻腔をくすぐります。ふたりでいるときだけ発してもらえる「カヨちゃん」はいつ聞いても、秘密を共有しているくすぐったさがあって胸が高鳴ります。

「お母さんは多分来ません。校舎アレルギーって言ってました」

「んーでもそうは言ってもなあ……」

「先生はお化け屋敷得意ですか？」

「めっちゃ嫌い。人間が幽霊の真似事して悪意を持って脅かしにかかんねやろ。考え自体がそもそも悪質やわ」

「中で働いてる人間たちは善意で脅かしてあげようと思ってるはずですけどね」

「いやあそれでもあかんわ。嫌がってる人に嫌がることしたらあかん」

「お母さんにとって学校はお化け屋敷なんです。我が子の育て方を指摘される！　怖い！　って思っちゃう場所なんだと思います。先生がそんなつもりなくても」

「んー……でもなあ、三者面談は絶対やからなあ……」

「先生、行きつけのご飯屋さんとかないんですか？」

「そこに、私が母と行きます。普通にご飯食べに行きます。先生が偶然を装ってやってきます。『わあ先生！偶然ですね！　これ母です！』って紹介します」

「えらい策士やなあ……」

「でも先生、それで三者面談できたらラッキーでしょ？」


思っていた通り、先生は中華料理屋さんを指定しました。アタローさんと先生がよく通っていたお店に、私がお母さんを連れて行く……それは、両家顔合わせのような気恥ずかしさと緊張を孕《はら》んでいました。

「ね？　ここのチャーハン美味しいって先輩が言ってたんだよ」

「本当ね。ナツヤが自分から『ここのお店に行きたい』って言うなんて珍しいなって思ってたけど、ここは美味しいわ。おうちからもちょっと遠いし、ちょうどいいね」

「なんで遠いとちょうどいいの？」

「ああ……外食し甲斐があるでしょ？　少し遠いほうが」

わかっています。お母さんは自宅から少し離れていた方がトモちゃんパパと会うのに都合がいいのです。自分の心の中で黒い怒りが破裂してしまいそうになったけど、それもそれで「両家顔合わせの一構成要素ではある」と思うことで納得しました。

三十分ほど遅れて、暖簾をくぐり、長身のボサボサ髪が姿を現します。ちょうどお店の古いテレビで流れていたナイター中継で、阪神の選手がホームランを打ったところです。打ち合わせでは
「お！　やあやあ大葉さんじゃないか！　すごい偶然だね！　お隣よろしいかい？」

とスマートに入ってくる予定でしたが、先生はホームランを見るなり飛び上がって歓喜し、まずは一緒に喜んでいるお店のおばちゃんと抱き合い、

「大葉さん！　金本のサヨナラホームランやで！　球団通算七〇〇〇号のホームラン！　えぐいえぐすぎる！いえーい！」

　とハイタッチから始まったのです。スマートジェントル作戦は序盤から大失敗でした。お母さんからしたら、突然ボサボサ髪の不健康そうな男が自分の子の名前を呼んでハイタッチしたのです。恐ろしくてたまらないでしょう。警戒心のパラメータが見る見る高まっていくのを感じます。

「って、え⁉　なんで大葉さんがここにおるん？　ここ先生の行きつけの店やで！　こちらお母様？」

「え、すごい偶然ですね！　こちら母です。お母さん、こちらが担任の先生！　プライベートだから教師スイッチ切れてるけど、学校ではとても立派な優しい先生！」

　どうにか空気感を一変させようと、二人がかりで急ハンドルを切りました。

「あ……はい。ナツヤの母です、いつもナツヤがお世話になっております」

　お母さんはおそらく私たちの作戦に気づいていましたが、平然と振る舞ってくれました。お母さんは優しい人です。物わかりのいい人です。

　先生の人柄の良さもあり、最終的にはお母さんと先生は意気投合していました。

「先生さえよければ、この子ご飯に連れて行ってあげてください。お小遣いは持たせておりますので。私が毎日帰りの時間が遅いもので……」

「大葉さんさえよければいつでも」

「はい！　私ももちろん！」

　先生とふたりでの作戦の裏で、私の策略も成功しました。すべてが思い通りに進んでいました。私はその日から、頻繁に先生と中華料理屋さんで晩ご飯を食べるようになったのです。これでお母さんは心置きなく自由な時間を過ごせます。お母さんにも幸せな時間が増えます。

私は段々と、アタローさんの影に自分を重ねられるようになっていきました。国語準備室へ行く頻度が増えます。英語は元々得意だったし、山岳が好きなおかげなのか地理はスルスルと覚えられました。国語の成績も伸びてきたので、先生の口から

「数学あと少しだけ点数取れるようになったら、これ合格ラインいくで！　気ィ抜かんと、このままの調子で頑張りや」

と言ってもらえるようになりました。先生と、アタローさんの話題を出して話したのは一度だけです。さもアタローさんのことなんか覚えていないかのように振る舞いながら、先生の懐に入り込むことに成功しました。

先生の授業の前には黒板を丁寧に美しく仕上げます。お昼ご飯は国語準備室に行って先生とふたりで食べます。先生は準備室でタバコを吸います。一応、教師間では〝生徒の見えるところでは吸わないように〟という不文律があったようなのですが、

「先生がタバコ吸ってるのは見んかったことにしてな」

と言いながら、私の目の前で白い煙をため息のように吐き出す仕草を見せてくれました。アタローさんもこの景色を見ていたのかと思うと、立ち上る煙に見惚れるしかありませんでした。

そんなある日、深刻そうな顔をして先生は口を開きました。

「カヨちゃん、勘違いやったとしたらだいぶ恥ずかしいからサラッと流してな？　あのー……先生には妻と子供がおるし、それに、好きな人がおるから。やからもし先生のことを恋愛相手として慕ってくれてんねやとしたら、そのー……諦めてもらったほうがええかなーと」

いつも饒舌《じょうぜつ》に話してくれるのに、妙に歯切れ悪く話す姿がとても滑稽で、笑いが込み上げそうになりましたが、グッと飲み込みました。眉を八の字に下げて唇を震わせてみました。唇をクッと前歯で噛むと、先生の表情は揺れました。私につられるように八の字に下がった眉毛が可愛くて、結局笑みは溢れてしまいました。

「諦めます！　私、引き際はいいのでご心配なさらず。嬉しかったです。『お前は男だし』とか言わないんですね。もしそう言われたとしても『そりゃそうか！』で引くこともできるんですよ？　『お前は生徒だから』でもいいのに。先生ってどこまでも優しいですね」

「あー確かになあ。そういう考え方をするやつもおんねやろな。あんま難しいこと考えてへんかった！　ありがとう、わかってくれて」

「でも！　でも、せっかくこんなに尊敬できる人ができたんです。先生は人生で初めてって言っていいくらい、信頼できる大人なんです。だから、これからも仲良くしてください。ご飯も一緒に食べてください」

「それは全然構わんけど」

「……先生、さっき聞き捨てならない言葉を聞いた気がするんですけど、深掘ってもいいやつですか？」

「なんか言うてもうたっけ……」

「妻と、子供と、好きな人って」

「ああ……ちゃうで。妻と子供が、好きな人としておるし、って意味やで」

「優しい人ってどうしてこんなにも嘘をつくの下手なんでしょうね」

先生はわかりやすく狼狽えていました。私にはどうしても、わなわなと震えている人の内面にゼロ距離で詰め寄るのが好きだという癖があります。

「先生？　諦めてあげる代わりに、先生の恋の話聞かせてください。タバコを生徒の前で吸っているのを黙っていてあげる代わりに、でもいいです。私、先生にはお世話になってるから、先生の力にもなりたいんです」

「君たち女ってのは、なんでこうも交渉とか人心掌握ってのがうまいねやろな……」

「先生の好きな人も上手ですか？」

「せやなあ……上手やからええってことちゃうけどなあ」

「私よりも上手ですか？」

「茶帯と紅帯くらいちゃうな」

「黒帯じゃなくて？」

「……もっと上」

先生は頭を抱えていました。そのとき先生の頭に浮かんだ人がどれほど手強い人なのだろうと知りたくなりましたが、踏み込んでいいのか、十七歳の私にはその勇気はありませんでした。

「凋落《ちょうらく》っていうんは片道切符やからな。一回落ちたら、もう戻って来られへん」

悲哀を感じるこの横顔を、アタローさんは眺めたことはあったのでしょうか。目の前で憂いている人がいるのに、私の頭の中にはアタローさんしかいません。きっとこういうことなんだろうなと思いました。

先生は、恋に落ちることを〝凋落〟と形容しました。それほどに、深く、暗く、誰も救いの手を差し伸べられないものなのだなと痛感しました。

落ちた先で、私はアタローさんとふたりになりたい。深く暗い恋の穴の底で、荒《すさ》ぶ寒さに震えながら抱き合ってふたりになりたい。きっと先生もそうなのでしょう。妻と子供がいながらも、人は恋をしてしまうのです。お母さんとトモちゃんパパの子に生まれて、その姿を見せつけられていたので知っています。世の中を良いことと悪いことで大きくふたつに分けたら、きっと悪いことの方に入るでしょう。平和と戦争で分けたら、きっと戦争の区分に分けられるのが、その恋です。けれど、悪いことだとわかっていながら戦争をするしかない人たちがいるように、いけないことだとわかっていながら、その恋に身を窶《やつ》すしかない人たちがいるのでしょう。

私は、お母さんのことを嫌いになれないし、身を窄める先生のことも嫌いになれませんでした。

「先生、その人の話聞かせてください。私に友達はいません。お母さんにもその恋の話は事情があってできません。私から誰かに漏れることはありません。だから、苦しいなって思ったときは私にお話ししてください」

お昼休みの終わりを告げるチャイムが鳴ります。澱んだ空気とは裏腹に、いや、嫌味なほどに空は澄み切っていて、お天道様が私たちを監視しているようでした。

「ほな、仮に俺の好きな人のことをA子さんとするわ」

中華料理屋さんで、またチャーハンをもぐもぐしながら先生は話し始めます。

「先生本当にチャーハン好きですよね。麻婆豆腐とかニラレバとかも美味しいですよここ。多分もう私の方が先生よりここの料理詳しいですよ」

「チャーハン美味いからチャーハンでええねん」

「A子さん、どんな方なんですか?」

自分から話し始めたのに、先生はそこから無言で三分ほどチャーハンを掻き込んでいました。店内にバラエティ番組で体を張る芸人さんの声が響きます。

「たんぽぽの綿毛って撥水性すごいねん。水槽に沈めても綿毛に水がつくことないねんで」

「先生、何の話ですか」

「たんぽぽになりたいよねって話。涙とか関係ないわ〜余裕やわ〜てなりたいもんやな」

「先生って泣くんですか」

「A子が結婚したときは、泣いた」

先入観というのは勝手なもので、先生が好きな人は独身だと思っていたのです。自分の浅はかさを思い知りました。

A子さんとは新幹線で隣り合って出会ったこと、親の都合でA子さんの結婚相手は決まっていたこと、それでも先生と恋に落ちてしまったこと、先生は断片的にですが熱を込めて話してくれました。人が人を愛している話を聞いて涙が出るのは初めての経験でした。

「なんでカヨちゃんが泣いてんねん！　おばちゃん！　新しいおしぼりちょうだい！」

「なにあんた！　教え子泣かせたの？　嫌な先生だねえ本当に」

「俺のせいちゃうて！　いや俺のせいではあんねんけど、ちゃうねん」

「関西人の『ちゃうねん』は嘘をつく前口上なのよ！」

「偏見えげつないてぇ」

悔しくて涙が出たのです。これほどまでに先生を心酔させられるA子さんのことを恐ろしいと思うと共に、羨ましくなるほど悔しかったのです。

「どんなところが好きなんですか？」

私はA子さんのことを知りたくて、つい尋ねます。先生は格好つけた言い回しを捏《こ》ねる間も無く答えました。

「強いところやな。柔らかく見えるねんけど、気丈で、凛としてはるところ」

「気が強いんですか？」

「んー……カヨちゃんが例えば『さよなら、もう会わない』って何の前触れもなく言われたらなんて返す？」

「なんで？　理由を言って？　って尋ねます」

「そうやんな。俺もそっちやな。その人は『うん、さよなら』って返す。迷うとか戸惑うとかそういうのなしで、いつでも俺のことなんか捨てることができる。そんな強さに惚れてもた」

「先生はMなんですか？」

「死ぬほど惚れてる女を目の前にして、Mにならん男なんかおらん」

「惚れたもん負けってやつですね。私は勝ちたい。絶対勝ちたい。負けられない。ねえ先生、チューハイってどんな味？」

「ん、飲むか？　……あかんな。カヨちゃんが成人したら、またここ来て乾杯しような。カヨちゃんの恋人連れておいで」

教師と生徒らしからぬ会話ですが、先生はこういうときでさえはぐらかさず、私のことを子供だと見下さず話してくれました。もうすぐ寒い冬がやってきます。先生のカサカサした大きな手が、温かくいられますように。

冬休みが明け、三学期になると先生は学校に来なくなりました。冬休みのうちに何度か連絡してみたものの、返信は来ません。妻子ある家庭の家に突撃するのは、あまりにも無礼だと私の良心が食い止めました。学校からの発表は〝一身上の都合〟のみでした。

生徒たちはいろいろな噂を繰り広げます。

——校長先生とバトって謹慎食らってるらしいよ。

——女子高の生徒に手出して未成年淫行で捕まったとか聞いたけど。

——アメリカで起業するから資金集めしてるとか誰かが言ってた。

各々が好き勝手に、

——こうだったら面白いのにな。

と話を膨らませて悪意に満ちた伝言ゲームをしていきます。〝面白いから〟という理由で、人を容易に傷つける人間は、遠慮なく喉元を切り裂いても構わないと思いました。私はおとなしく耳を閉じ、先生が平穏無事に過ごしてくれていることを願いました。

二週間が過ぎた頃、私の良心は崩壊しました。アタローさんのことよりも先生の安否を考えている時間が多くなってきていることに危機感を覚えたのです。私はいつでもアタローさんのことで頭をいっぱいにしていたいのに、そのために近づいた先生のことが頭から離れないのです。良心が崩れ去るには至極真っ当な理由でした。

週末、先生の住む家を目指します。以前、後を尾けたことがあるので知っています。きっとアタローさんも先生の住む家のことは知っていたでしょうから、私も知っておくべきなのです。

片側三車線の国道を真っ直ぐに進み、傾斜のきつい坂を登ります。坂の途中にある立派な屋敷からはまだ生まれたての、顔がシュッと前に長い細身の柴犬が、ブロック塀の間から顔をひょこっと出して挨拶をしてくれます。

「寒いからおうちに上げてもらってね」

柴犬に話しかけると小さくワゥンと応えてくれました。

坂を登り切った先の、見晴らしのいい土地に建てられた古い市営団地の三号棟に、先生の家はあります。階段を登り、チャイムを鳴らそうとすると手が震えます。良からぬことを考えました。

——もし先生が死んでしまっていたらどうしよう。

先生の遺体が横たわって、異臭がして、蠅が集《たか》っている場面を想像しました。まずは警察？　警察を呼んだら一緒に救急と消防も来てくれる？　尋ねられたら間柄は何と説明すれば……ただの生徒が放課後にこの部屋に通っていた、みたいな言われ方をしたら先生の面子《メンツ》は丸潰れするかも……そんな憂虞《ゆうぐ》が頭を駆け巡り、体全体が震え出します。

——どうか、どうかケロッとした顔で出てきてください。

祈りを込めながらチャイムに手を伸ばします。

「あらぁ、高校の生徒さん？　ふみくんに用事ー？」

突然、美しく長い髪の毛の女性が背後から話しかけてきました。手には食材の詰まったレジ袋を提げています。激しい動悸を抑えるのに数秒かかりましたが、呼吸を整え、不審者だと思われないように振る舞います。鍵をレジ袋とは逆の指に引っ掛けているのを確認し、奥様だと悟りました。

「すみません、生徒の大葉と申します。学級委員をしておりまして、二学期の終わり頃に先生から『卒業式の送辞を務めてみないか』と言われたっきりそのお話ができてなかったので、ご迷惑かとは思ったのですが、押しかけてしまいました……」

きちんと申し訳なさそうな顔を作り、奥様の様子を窺います。

「そうだったのー。ごめんねえわざわざご足労いただいちゃってえ……ふみくん、ちょっと元気ないかもしれないんだけど、生徒さんとお話ししたら気も紛れると思うからお話ししてあげて」

鍵を開けていただき、未だ申し訳なさそうな姿勢を保ったまま玄関で靴を揃えました。先生の家は心地良く安らぎを与えてくれるようなヒノキの香りで満ちていました。

「ふみくーん、生徒さんがいらっしゃったよ。入ってもいい？」

襖で仕切られた奥の部屋に向かって高くしなやかな声が響きます。間を置いて襖がゆっくりと開きます。

「お、大葉ちゃん。どうしたん？　よくうちわかったな」

久しぶりに見た先生の目は鈍色《にびいろ》をしたビー玉のようで、虚を映していました。肌着に藍染の半纏《はんてん》を着たボサボサ頭の先生は、文豪のようでした。

「どうしたんじゃないですよ！　先生元気かなと思って……ごめんなさい押しかけるような真似してしまって。奥様にちょうど玄関の前でお会いして、上げてもらいました」

改めてキッチンにいる奥様の方を向いてお辞儀をします。既に晩ご飯の準備に取りかかろうとしているようです。

「奥様？　ああ、ちゃうで」

奥様だと思っていた人はキッチンでクスクスと笑っています。奥様ではないというその人が、この家の鍵を持っていて、よそよそしく振る舞う様子もなく台所に立ち、冷蔵庫に食材を詰めているその様は、生まれてこの方目にしたことのない奇々怪々な光景でした。

私は狐に魅《ばか》されたのだと思いました。さっきのシュッとした顔の柴犬は狐だったのだと、私は合点がいって、どうすればこの夢幻から覚めるのか、冷や汗を垂らしながら考えます。そういえば、お子さんがいると伺っていたのに、部屋の中にその様子は見えません。子供の遊び道具のようなものも見当たりません。先生は鈍色の瞳でこちらをぼーっと見つめているだけです。先程まで香っていたヒノキも三途の川を渡った先にある彼岸の香りのように受け取れます。私はもう、この世にいないのかもしれないと思いました。

「大葉ちゃんには前、話したことあるやん。A子さん」

「え、何、私のことA子って言ってるのー？」

「いやさあ、ほんまの名前とか勝手に言うたら迷惑かかるかもせんと思って、控えててん」

先生の瞳に、少しずつ温度が宿っていくのが見えます。生きている者の黒々とした熱が戻っていくのが見えます。キッチンから女性がスタスタと歩いてきて私に深くお辞儀してこう言いました。

「はじめまして。先生の恋人の、椎子といいます。A、B、Cのしいこです」

「大葉です。はじめまして」

先生、何をしているの？　仕事を休んで、A子さんと一緒にいたの？　言葉が喉を通り過ぎ、舌の上で苦い汁を出します。尋ねたいことはたくさんあったけど、今にも私は乱暴な言葉を浴びせてしまいそうだけど、この状況においては俄然不利だとわかっていたのでグッと飲み込みます。その代わり、全身のこの火照りを眼光に込めて先生を睨みます。どうか心の声が伝わりますように。先生が私の意図を汲んでくれますように。

「ちゃうねんカヨちゃん。いろいろあってん」

先生は私にだけ聞こえるように言葉をなるべく小さく畳み、耳の奥へと押し込んできます。関西人の『ちゃうねん』は嘘をつく前口上なのよ、と中華料理屋のおばちゃんの言葉が、進研ゼミでやった問題のように浮かんできました。

「まあ、せっかく来てくれたんやし久しぶりやし、ご飯食べていきや。お母さんにはちゃんと言うとくねんで」

なんとも異様な光景の中、三人ですき焼きをつつきました。先生は元気そうに見える瞬間もあり、ふと目を離すと虚を見つめたまま動作を停止していたり、バッテリーが切れかけのハイテクロボットのようでした。

「大葉さんは……その……聞いていいのかしら」

「あ、紛らわしいですよね……体は男で、心は女です。いつもは規則なのでちゃんと学ラン着てます。私服ではこういうワンピースを着ます。先生が校長先生に直談判してくれて、髪を伸ばすのは許してもらってます。行きつけの中華料理屋さんが同じで、たまに先生とご一緒することがあるんですけど、先生のことが好きってわけじゃないんで、安心してください。どうかお気になさらず」

　深掘られるのが面倒なので、なるべく人間関係を作らずに生きてきました。でもたまに、こうやっていちいち説明しなければいけない場面が訪れます。一息で一気に話し切ります。これ以上聞いてくれるなよ、という圧も込めて。

「好きじゃないって、そんなバツンって言い切らんでもええやんかあ」

　いいえ、言い切る必要があるのです。先生のことを好きな女なら、少しでも嗅げる部分があるのなら嗅ぎ尽くすでしょう。対象が男だろうが女だろうが、年上だろうが年下だろうが関係はありません。私もアタローさんの周りを彷徨《うろつ》く人間がいたら嗅ぎ尽くします。

「ああ！　この子が！　京都の大学決まった子？」

「それはアタローちゃんやな。もう去年卒業した子。カヨちゃんも同じくらい勉強頑張ってるからな、来年行けるかもしれへんな」

　心臓が一度、バスドラムを勢いよく踏んだようにドゴンと鳴ります。こんな形でアタローさんの名前を聞きたくありませんでした。せっかく魂胆がバレないようにバレないようにと、触れないようにしていた宝物に、この女は汚れた手であっさりと触れました。

「あ、別の子なのねえ。ふみくんって学校でどんな先生なのー？」

　菜箸で私の器に白菜やら肉やらを運ぶその手の先さえ汚く見えてしまいます。気づいたときには既に着火していて、それからはもう、なるようになれと自爆する気で切り込みました。

「あの、先生。なんで学校来ないんですか？　なんで本物の奥様とお子さんとじゃなくてこの女の人と一緒にいるんですか？　何考えてるんですか？　全然わからないです」

ふたりは目を合わせて、重苦しい沈黙が立ち込めます。

「大丈夫。ふみくん、あっちの部屋に行っといて。私が話すから」

「なんで⁉　なんであなたから話を聞かなきゃいけないんですか？　先生！　ちゃんと話して！」

私が先生の肩に触れようと手を伸ばした瞬間、椎子さんによってパシンと払われます。身を乗り出したせいで溶き卵が床に溢れ、黄色い血のように広がっていきます。じわじわと広がる海を眺めているうちに、先生は奥の部屋へと下がっていきます。小さく丸まった背中はなんとも情けなくて蹴り飛ばしてやりたくなりました。

「カヨちゃん。私も知らないことはあるから、私から聞いたことがすべてじゃない前提で聞いてね。それでも今ふみくんの口から説明させるのは酷だと思うから、私に話させてほしい。これは私のわがまま。聞き入れてちょうだい」

「はい……わかりました」

悔しいけれど、聞き入れないと進めないのだと悟りました。

「年末にね、奥様とお子さんが亡くなったの」

「……え？」

「どうか動揺せずに聞いてね。その日、自転車に乗ってスーパーに夕飯の買い出しに出かける途中、交通事故で。お子さんも自転車の後ろに一緒に乗ってて……」

動揺せずに聞いてね、と言った椎子さんの肩が震えているのを悟りましたが、この人に同情しても仕方のないことです。寧ろどんな思いで今この人がこの場所にいるのかが気になります。

「そのとき先生は何してたんですか」

「終業式が終わって、学校の準備室で生徒と話してたんだって」

胸の奥が雑巾のように絞り上げられます。私のせいで、なんてそんな責任を感じる必要はないのですが、それでもやっぱり先生の時間を奪ってしまったことへの後悔が生まれます。

襖の奥で、先生は何を思うのでしょう。この一ヵ月間、どんな気持ちで夜を越え、朝を迎えたのでしょう。愛する家族を失う苦しみを、まだ私は理解できません。先生にとってなんの価値もない、いち生徒でしかいられない自分の存在の無意味さを恥じました。私とは対照的に、食器を片付けるこの女は先生にとって価値のある人なのでしょう。こんなとき、アタローさんならどうするのだろうかとばかり考えてしまいます。

「先生は……先生は、奥様とお子さんのことを一番に愛していたんでしょうか」

きっと、この女に投げかける問いではないことはわかっていながら、それでも聞かずにはいられませんでした。先生に向かってではなく、この女は、この現実をどう受け取っているのかを知りたかったのです。

「……愛せていたと思う。でももう、彼を縛るモノはひとつもないから」

「え、今なんて言いました？」

亡くなった家族のことを、〝モノ〟と称した悪魔に、私は戦慄しました。額に脂汗が滲み、体が長くここにいてはいけないと訴えているのを感じます。

誰に伺いを立てるわけでもなく、私は襖を少しばかり開けて先生に言いました。

「私が先生のお世話します。また来ますから」


それから私は時折、先生の家に通いました。家に上がれるかどうかは、先生の調子によってまちまちでした。食材を持って玄関口まで行っても、

「すまん、今日はひとりがいいわ」

と断られる日もあります。そんな日は食材だけ渡して帰路につきます。椎子さんが来ているときには、先生からワンコールだけ電話がかかってきます。先生なりの配慮なのかと思いましたが、奥様がいたときも、こうやって椎子さんに連絡していたのかと勘繰ると、無性に気分が悪くなりました。

「先生って、自分のこと駄目な男だなって思います？」

「なんや突然。せやなあ……流行りの言葉で言うねやったら、駄目男なんやろなあ……いやいや誇れたもんちゃうよな。何が『駄目男なんやろなあ』やねん」

しばらく中華料理屋さんにも顔を出していないので、私なりに研究を重ねたチャーハンを作って振る舞いました。ぱらぱらはしすぎず、卵を多めに使います。欠片ほどのにんにくを入れるのがポイントです。先生は美味い美味いと頷きながら頬張ってくれました。いつかアタローさんに食べてもらうときには、もっと上達しているはずです。

「裾を捲《まく》ると裏にスマイリーのプリントがされてるズボン、どう思います？」

「何の話？　あれは……ウケは悪そうやな」

「でもあれを売ってる服屋さんがあるわけじゃないですか。作ってるメーカーがあるわけじゃないですか」

「ウケ悪いもんを生み出すウケ悪い専門屋さんな」

「考えてみたんです。裏地スマイリーズボンを買う人がいるから、作り続けるんですよね。作って、買われなかったら量産はしないはずなんです。でも、数十人に一人くらいの確率で裏地スマイリーズボン穿いてる人はいます。駄目男とスマイリーズボンって一緒なんです。先生みたいな駄目男がいるじゃないですか。先生の他にもたくさん駄目な男がいます。駄目男って嫌だなーって頭ではわかっているはずなのに、駄目男に惚れちゃう人がいるから、駄目男はいなくならない。だから、先生みたいな外面のいい優しげな人に惚れちゃう人にも責任があると思うんですよね」

「ああ……今度から裏地スマイリーズボン穿いてる人にも優しくするわ。チャーハン世界で二番目に美味いかもしれん。ありがとうな」

「一番は？」

「やっぱあの中華屋の大将のチャーハンやな」

「じゃあいいです。二番目でも嬉しいです」

——先生、あの女の人はダメです。私、女として生まれることはできなかったけど、同じ種類の人間じゃなくてよかったって胸を撫で下ろすくらい、あの人のことが苦手です。〝何が〟とか明確には言葉にできないけれど、何故だか無性に寒気がします。どうしても味方にはなれないのです。だからどうか、自分の愚かさを恥じるなり、本当に愛していた人を思い出すなりして、あの人から離れてください。

言葉としてこの世界に姿を現せない思いばかりが膨らみます。アタローさん、どうか先生を救ってください。

アタローさん、どうか、どうか。


三月の終業式の日、先生が正式に学校を退職したことが生徒たちに報告されました。その頃にはもう誰も、先生の話題を口にしていませんでした。寒さの厳しかった冬と共に、先生の存在ごと春一番が連れ去ってしまったように感じました。


四月二十三日。私は高校三年生になりました。弓張り月が美しく見える、雲のない夜のことでした。

先生 Re:Re:Re:『お月見、どう？　まだ半年先だけど。お花見でもいい。もう散ってるけど』

唐突な先生からのメールに口元が緩みます。

「お母さーん！　先生んところいってくるね」

「あら、お邪魔にならないようにね」

ドライヤー越しに返事が聞こえるのを確認し、家を飛び出します。自転車を立って漕ぎ出すなんて私にしてはとても珍しいことでした。先生から誘ってくれることなんてこれまで一度もなかったので、何か私に話したいことがあるのだと思ったのです。きっと先生は、アタローさんともこんな風にして仲を深めていたんだと思うと無性に嬉しくなりました。

国道沿いを原付よりも速く自転車で飛ばして先生の元へと向かいます。坂は自転車を押して駆け足で登ります。団地の三号棟に植わっているソメイヨシノの前で先生は待っていてくれました。

「よお！　早いな、カヨちゃん」

「はあ、はあ、んうっ……立ち漕ぎしてきたので吐きそうです」

「ご苦労さん。飲むか？」

こちらに放り投げられたのはキンキンに冷えたレモン味の缶チューハイでした。

「俺もう先生ちゃうし！　カヨちゃんが飲んでも一生黙っとくから。騙されたと思って飲んでみ」

高校を卒業してしまったら、アタローさんに追いついてしまったら、私は先生に興味を無くしてしまうかもしれない、いやきっと先生の存在さえ忘れてしまうでしょう。今このタイミングを逃したら、先生と乾杯することなんて一生ないかもしれないと思い立ち、タブに指をかけ缶を開けます。プシュッと飛沫《しぶき》をあげて爽やかで甘い香りが宙を舞います。

「乾杯」

私はその夜、初めてお酒を飲みました。団地の屋上へと登り、月明かりを浴びます。

「学校はどない？　楽しいか？」

「無ですよ無。無味無臭、無色透明。ただ行って、過ごして、帰るだけ。先生いなかったら行く意味ないです」

「そんな寂しいこと言わんといてや。友達とかは？」

「それなりにね、私にだっていますよ友達くらい。舐めないでください」

先生に少しでもニコニコしていてほしいから、私はひとつ目の嘘をつきました。

「そうか。ほなよかったわ。チューハイ、次のいる？」

「いや、全然いらないです。多分私、お酒弱いです。ボヤーってしてます。月が今、満月に見えてます」

「おーおー、ほなやめとこか。ごめんなあ弱いのに飲ませて」

「思ってないこと言わなくていいですよ」

「はっはっは。なんですーぐバレんねやろな、男の嘘って」

「きっと隠すよりバレてしまった方がいいんですよ。バレる嘘っていうのは」

「嘘のうまい男になりたかったわー」

　先生は体育座りで小さくなって月を見上げています。悪さのバレた小僧のような横顔には邪気がありません。亡くなった奥様も、お子さんも、この横顔が大好きだったのでしょう。

「『騙されたと思って飲んでみ』って言われて、騙されてくれる人の優しさに、俺は甘えてまうねんな。これまでの人生、ずっとそうやった」

「嘘を隠すよりも、寂しさを隠す方が難しいですよね」

「嫌やなー。三十歳越えたおっさんになって寂しさにすら耐えられへん生き方してもた」

「人間はずっと寂しいですよ。きっと。先生がいなくなった校舎も寂しいし、お母さんが帰って来ない３ＬＤＫの部屋も寂しいです。隣の家から漏れ聞こえてくるエレクトーンの音も寂しいし、好きな人のことを思うのも寂しいです」

　先生は飲んでいた缶ビールをコトンと地面に置きました。

「カヨちゃんはアタローちゃんのこと好きなんやろ」

「アタローさん？　ああ、カマキリから助けてくれた人ですよね。いましたね、そんな人。好きじゃないですよ、今思い出しました」

　大きな音で爆ぜる心臓を両手でぎゅっと押さえて、私はふたつ目の嘘をつきました。

「寂しさを隠すんは、ほんまに難しいと思うわ。これ、アタローから俺に来た手紙。大学で勉強頑張っとーみたいやわ。相変わらず友達はできてへんみたいやけどね」

　紺色のミッフィーの封筒が手渡されます。なんでミッフィーなのでしょう。ポツンとした、ただ黒くて丸い

〃・〃が私を見つめます。

先生を介して、私の手はアタローさんに触れました。途端に、目の縁からどんどんと水が溢れてきました。鼻の奥からも水は押し寄せてきます。先生はぐちゃぐちゃな私の顔を見て、大笑いしています。腹を抱えて笑っています。私もそれを見て笑います。泣きながら笑って、ついでにすごく酔っていて、私は屋上のコンクリートにゴロンと転がりました。

「裏に住所書いてあるから、気が向いたら会いに行きや。『先生の話でもしましょー』言うて」

コンクリートは冷たくて、熱くなった頬がよく馴染みます。アタローさんの手紙を抱きしめます。そんな理由でアタローさんに会いに行ったら、きっと気味の悪い奴だと嫌われるに決まっています。それでも、『私の恋心を知っている人が、この世界にひとり存在している』その事実だけで寂しさの孤城から抜け出せるような気がしたのです。

「あー……先生、コンクリートが気持ちいいです。私もう、このまま死んでもいい」

「このまま死んでもいいと思える瞬間があるってことは、素晴らしい生き方をしてきた証明やと思うで。よくがんばってるなあ、カヨちゃん」

先生は寝そべる私の髪を手の甲で撫でます。それが気持ち良くて、今にも眠ってしまいそうでした。

「あとこれ」

先生は長細い封筒を手渡してきました。何か書いてあったけれど、酩酊状態の私はしっかりと文字を確認できません。

「なんですか？　これ」

「椎子さんに渡しといてくれへん？　カヨちゃんにしか頼まれへんねん。ごめんな」

「ラブレターさえ直接渡せないんですか！　この、駄目男！　意気地なし！　それでもちんこついてんのか！」

「カヨちゃん。カヨちゃんならずっと大丈夫やからな。アタローちゃんにもチャーハン作ってあげてな。病気せんと、楽しく生きるんやで。たくさん温かいご飯食べるんやで」


そう言い遺すと、先生は屋上のフェンスに足を掛け、ふっと闇に消えていきました。

決心をするまでの戸惑いのようなものを感じませんでした。ふっと、吸い込まれるように消えていきました。

地上で何か重いものが潰れる音がしました。

私は急いでチューハイの缶と手紙たちを持って、その場を逃げるように去りました。

そのときのことは、あまりよく覚えていません。


「いつか高くジャンプするときのために、今は深くしゃがんでるんだよ。だから大丈夫」

と励まされたことがあります。でも大人になってわかりました。しゃがんだまま地面がどんどん近くなってきて、気づいたときには突っ伏していて、二度と起き上がることができない人間がいるってこと。

先生が亡くなってから、私は引きこもり気味になりました。出席日数だけをギリギリ守り、保健室登校の日々を送りました。卒業式の日に胸に挿した一輪の花を、団地のソメイヨシノの足元に供えました。先生との思い出をなるべくなぞらないように春をやり過ごし、夏を無視し、秋を見送り、冬を凌ぎました。上手に毎日を生きました。何度も何度も、アタローさんが先生に宛てた手紙を読み返して、ふたりの思い出を頼りに生き延びました。

それと同時に、私が最後に先生に吐いた言葉が、

「駄目男！　意気地なし！」

になってしまったことを毎晩悔やみます。本当はもう一言のことも覚えています。

『世界で二番目に美味しいチャーハン、僕も食べたいです。

そっちに帰省するときにでも連れて行ってください。』

アタローさんの手紙を抱きしめて何度も泣きました。

卒業式の帰り道、花飾りを捨てる後ろ姿を何度も思い出しました。高校になんて本当は通いたくなかったけれど、アタローさんの影に自分を重ねるためにはなんとしてもあの花飾りを受け取らなければならなかったのです。先生がいなくなっても、アタローさんがここにいなくても、私はこの世を生き抜かなければならなかったのです。


結局、大学受験はしませんでした。TOEFLで満点を取ると、人に会わずにできる翻訳の仕事ができました。いくつかそういった仕事を掛け持ちして、自宅に籠ってひたすらこなしました。

幼い頃からシェルパになりたいという夢を持っていてよかったなと、そのとき初めて過去の自分を褒めることができました。シェルパとは、ヒマラヤ登山時に雇用される案内人のことで、登山者よりも先を歩き、山道を迷うことなく行くことができるよう導く人のことです。二〇キロ弱の荷物を持ちながら、登山者の命を請け負って山を行きます。頂が見えると、シェルパは登山者へと道を譲るのです。

「あなたが、あなたの力で手に入れた景色ですよ」

と、先導できる人になりたいと思っていました。山岳写真集を見つめるのと同じくらいの時間、英語教材に向き合いました。

あいにく体が弱く、そんなことが叶わないと悟ったときに、それじゃあ翻訳の仕事をしようと決めました。妥協ではありません。戦略的軌道修正です。

お金を貯めて、自分がなりたい自分になるために費やしました。定期的なホルモン治療から、睾丸摘出、部分整形、全身脱毛……ありとあらゆる手段を用いて自分の理想とする自分に近づこうと必死でした。

通院時に運悪く高校の同級生に見つかり、

「えっ大葉⁉　大葉じゃん、元気？　めっちゃ女じゃん！　俺全然いけるわ！」

と言われ、とても虚しくなりました。自分の意図していない相手にそういう対象として見られているときと、Oラインに脱毛照射されているときは特段虚しくなります。

それでも立ち止まっている暇はありませんでした。ただ黙々と仕事に精を出し、自己投資をするしかありません。

――アタローさんの隣に並ぶ女として、今の私は相応しいだろうか
それだけがモチベーションだったのです。


卒業から二年後、私は京都へ向かいました。

駅を降りて、どこを観光するでもなく、私は吸い寄せられるように、手紙の裏に書かれた住所に向かいます。

不思議と緊張はしていません。考えてみれば当然です。私はあれから毎日アタローさんと一緒にいたし、アタローさんと同じように先生と仲を深めてきたし、先生の最期を目にしたのです。今更アタローさんに会うことくらい、なにも恐ろしくはありません。トイレの鏡に向かって檄《げき》を飛ばします。真っ直ぐ伸びた黒髪に、不健康な白肌のそいつは、お化けのような表情を浮かべていました。どうも頭の中の言葉に表情は伴ってくれないようです。

――がんばれ、お化け。笑え、お化け。

電車とバスを乗り継ぎ、木造のアパートが見えてきました。どんなアタローさんを見ても、高揚しないよう、落胆しないよう、凪いでいられるようにと自分に魔法をかけます。私はあれから随分と変わってしまったし、気づいてもらいたいわけではないのです。ただ一目、これまで私を生かしてくれた神様に会ってお礼を言いたい。緊張はしていないと言い聞かせつつも、チャイムを鳴らす手はやはり震えます。先生の家のチャイムに手

を掛けた瞬間がフラッシュバックし、背後を振り返ります。

誰もいませんでした。先生のことを思い出す度、あの女の影も同時に思い起こされるのは、私が患った厄介な持病のようでした。

チャイムを鳴らすと中からガタンガタンと音がして、しばらくしてから木の扉が開きます。

「突然すみません。先日から上の階に越してきた者なんですが、ご挨拶が遅くなってしまってすみません。心ばかりの品ではございますが、よろしければお受け取りください……」

私は顔を見ることができず、扉が開いた瞬間からお辞儀をして挨拶をしました。全くの嘘です。物件情報を調べ、不動産会社に空室があることを確認した上で嘘をつきました。突然やってきて、

「あのときカマキリから救ってもらった後輩です」

なんて言えるはずもありません。鶴のように恩返しできる何かも持ち合わせていません。頭を下げたままでいると、鼻にかかった低い掠れ声が耳に触れます。

「ありがとうございます。あ、でも僕もうすぐ引っ越しちゃうんですよね……」

声を聞くだけで、こんなにも耳が熱くなるなんて。鼻の奥がジンジンと痛むのがわかります。決して泣いてはいけないと思い、舌を強く前歯で噛んで涙を引っ込めます。

頭を上げると、そこにはアタローさんがいました。髪がボサボサに伸び、短く顎髭を生やした姿は、その体の中で先生と同居しているかのようでした。私の神様はしっかり京都の地で生きていました。

「そうなんですね！　すみません図々しくご挨拶にあがってしまって」

「いえいえ、ありがとうございます。挨拶とか珍しいっすね。僕このアパートの人ほとんど知らないっす」

「母がご近所付き合いは大切だと言うもので……古い人なんですよね。ちなみに、どちらへお引っ越しなさるんですか？」

我ながら大胆すぎる質問をぶっ込みました。私の心に操縦桿《そうじゅうかん》を握らせていてはこの問いはできませんでし

た。脊髄が『今尋ねないと一生後悔する』と訴えかけた結果でした。

「神奈川のほうに。昔住んでたのがそっちのほうなんで」

「神奈川！　いいところですね、都会だし海もあって」

「ですかね。ありがとうございます。これ、いただきます。腹減ってたんで嬉しいっす。それじゃ」

そう言ってアタローさんは扉をゆっくりと閉めました。

一気に緊張の糸が切れ、その場にしゃがみ込みます。気を張っていた全筋肉が弛緩し、よだれが長い糸を引いてポトリと垂れていくのを見ました。

──生きていてよかったね、私。生きてきてよかったです、先生。

私はしゃがみ込んだまま声に出さないよう泣きました。よだれも鼻水も一緒に溢れてきます。先生が亡くなったときよりも、たくさん泣きじゃくりました。このことを伝えたら、きっとハイタッチして喜んでくれるはずです。私、がんばりました。

ぼんやりと滲んだ世界で、誰かと目が合った気がしました。引っ越し作業でまとめて玄関先に放り出したのでしょうか。紐で括られた雑誌たちの一番上で、ポルノ雑誌の表紙の女性が笑みを浮かべています。なんと艶《なまめ》かしく官能的な表情。

白に近い透明感のある金髪に、深緑色の瞳をした海外の女性でした。北欧系でしょうか。母の秘密の手帳によく似た深緑でした。

──アタローさん、こういう美人が好きなんだな。

帰りの新幹線の中で、美容室の予約を取り、その日の夜には金髪になっていました。

そのとき初めて、私はアタローさんの隣を歩くに相応しい〝かよ〟になれた気がしたのです。アタローさんしか、私を〝かよ〟たらしめる人はいないのです。

高い湿度のせいでシャツがぴとぴとと肌に吸い付いてくる夏の夜のことです。久しぶりにあの中華料理屋から出てくるアタローさんを見ました。きっとチャーハンを食べたのでしょう。お店から

「また来まーす！　遅くまでごめんねぇ〜」

といって暖簾を潜って出てくる満足げなアタローさんを眺めていると私まで笑顔になれます。

今朝は料理教室の先生の貴美子さんの家から出てきました。夜はもうだいぶ遅いけれど、これから貴美子さんの家へ向かうのでしょうか。一切そこに嫉妬は湧き立ちません。ふたりで歩いているアタローさんの顔といったら、乾いていて能面のようで笑えてしまうほどです。

ふたりの体だけの関係が始まった頃、私は貴美子さんに近づくため、彼女が先生として勤めている料理教室に入会しました。歳の近い私たちが仲良くなるのはとても自然なことでした。たまにふたりでごはんにも行きます。彼女は風俗店にも勤めていて、そこに来るお客様の愚痴を聞いています。知らない世界の知らない男の話を聞くのはとんでもなく退屈ですが、貴美子さんはそんな退屈な男たちの相手を笑顔でこなしていて偉いなと思います。

駅のホームに立つアタローさんの姿を斜め後ろから見つめるのが好きです。猫背で、首が前に出ていて、背はあまり高くないけど細くはない骨格。私の目に映る最後の映像はこれがいい、と思えるほどその立ち姿は愛おしいのです。アタローさんが神奈川に戻ってから、その姿を見つけるのにさほど苦労しませんでした。大抵の行動範囲は把握していたし、行くお店も決まっている人だったのですぐに突き止められました。

毎朝、毎晩、アタローさんの行動を見つめます。そんな生活を続けて今年でもう五年目になります。いつどんなタイミングでアタローさんの目の前にバアッと現れようか、何度シミュレーションを重ねても最適解が浮かばないままなので、私はただただアタローさんに害悪が降りかからないように見守り続けています。五年の間でちょこちょこと女の影もありましたが、誰とも長続きすることはありませんでした。アタローさんはきっと、人を好きにならない人なのだと思います。いや、平たく全員に同じ分、微量の愛を注いでいるのかもしれ

ません。博愛だなんて、神様らしくて素敵だなと思います。

私はいつもアタローさんに見つからないよう、少し離れたドアから最終電車に乗り込みます。スマホを見つめる首の角度、中吊り広告を見上げる顎、吊り革を握る腕の血管を注意深く眺めます。今日もとても良い日になりました。誰の家から出てきたとか、誰の家に帰るだとか、そんなことはどうでもいいのです。アタローさんが元気でいてくれて、美味しいご飯を食べていてくれさえすればいいのです。

その瞬間、手に持っていたハンドバッグの輪郭で、ゾリゾリと何かが移動するのを感じました。少し離れて立つ数人からの視線が一点に注がれています。私は直視することができず、電車の窓に映してその姿を目に入れます。

「きゃあああああああ！」

それが何かを正しく認識する間も無く、反射的に大きな声が漏れ、電車のドアから飛び出します。私の脳は私を守るために、バッグについている何かを正しく認識しないようにしていたのだと思います。きっと〝アレ〟なのだと、わかってはいつつも、正しく認識してしまっては、きっと自分が壊れてしまうだろうことを理解していました。ただひたすらに叫びながらハンドバッグを振り回し、どうにか飛び去ってくれないかと願い暴れます。私はもう、神様に祈ることしかできませんでした。どうか、どうか……。

願った瞬間のことです。神様は電車を飛び出して、駆け寄ってこう言います。

「カマキリ？」

再会するならロマンチックに？　いやいやスーパーでばったり日常的に？　誰かの紹介で……なんてのも自然でいいかもしれない。京都に会いに行ってから五年、私はアタローさんに接触する日を待ち侘びました。その年月は私にとってあまりにも長く、それでいて毎日が燦然と輝いて見える日々だったのです。ついに今日、終わりを迎えます。私はきっと、ただの観客ではいられなくなります。

神様はゆっくりとカマキリを剝ぎ取り、宙へと放り投げます。やっぱりアタローさんは私の神様なのです。

後にも先にも、この人以上の存在はありえないのです。

今度は、完璧な私でアタローさんを迎えます。思い描いたような、ロマンチックで、日常的で、偶然の出会いをします。偶然を重ねれば必然になります。必然を重ねれば運命になります。

私は今、先生が住んでいた部屋に住んでいます。先生が亡くなってから、しばらく空き物件になっていたこの寂《さび》れた団地の一部屋に住むことにしたのです。先生はこの部屋で死んだわけではありませんし、なんなら幽霊になって出てきてもらっても支障はありません。それよりも、縁もゆかりもない誰かがこの部屋で呼吸をし、排泄をし、セックスをすることを考えると、悔しくてたまらなくなったのです。私がこの部屋に住むのは必然でした。

毎月二十三日は先生の月命日で、アタローさんは先生へと花を手向けにやってきます。私はその姿を毎月ベランダから眺めていました。ついこの前、カマキリから救ってもらったお礼を、ここで果たします。だいたい何分手を合わせてこの場所を立ち去るか、毎月ノートにつけていたので平均時間は把握しています。

アタローさんが手を合わせて、ちょうどのタイミングで後ろに立ちます。

「アタローさんがいる……」

奇跡の真ん中にいるのかもしれないというような表情をしっかり作り込みます。何度も鏡の前で練習しました。

アタローさんは驚いていました。驚いたあとで、熱中症だったのか、気を失ってごろんとそのまま地面に倒れてしまったのです。あれだけアタローさんが健康であることを願って暮らしてきたのに、こんな風になるまで気づいてあげられなかった自分の甘さを恨みました。腕を肩から回し、アタローさんを引き摺りながら部屋までどうにか運びます。私にもっと力があればと悔やみましたが、今日の日までその体に触れることさえできなかった身からすると、天恵だと感じました。

とにかくお水を飲ませなければならないと急いだ私は、口元にペットボトルを近づけて喉に流し込もうとしますが、閉じた唇と歯が邪魔してうまくいきません。自分の口に水を含み、アタローさんへと流し込みます。二度、三度、繰り返しました。アタローさんの唇に私の口紅の色がほんのりと乗っています。神様の唇に、私の唇が触れたけれど、他人のことのように感じました。アタローさんの唇はまだ私のものではありません。わかっているのです。わかってはいても、止め処なく溢れるこの慕情を言葉にして手渡しするしか、この滾《たぎ》り続ける思いを届ける術はありませんでした。

意識を取り戻したアタローさんはぼんやりと私を見つめます。鼻から肺一杯に空気を吸い込み、満ち渡らせてからゆっくりと吐き出します。心に迷いはありません。剣を鞘から一気に引き抜き、迷いを捨て斬りかかります。

「アタローさん、恋人になりませんか？　私たち」

強引すぎる、断るに断れない状況だったかもしれません。私はこんな小賢《こざか》しい手を用いてでも、降りかかるすべての害悪からアタローさんを守りたかったのです。

世の中は相変わらず、知らない方がいいことで溢れています。カマキリと同じくらい、私が人生で一番慄然《りつぜん》とした出来事でした。

私は、アタローさんのすべてを知っていなければいけないという使命感から、アタローさんがお風呂に入っている間にスマホの中身を見てしまったのです。その瞬間、心臓も血も凍りつきました。よく『スマホを見る方が悪いか、見られて困る方が悪いか』論争が巻き起こりますが、あれってどちらも加害者側なのに自分の罪は棚に上げたまま、どちらも被害者ヅラして議論するから収束しないんですよね。勝ち負けにしようとした途端、その恋は終わります。どうやって引き分けに持って行こうか、とことん話し合うふたりだけが、その恋を継続できます。私はそのとき、うまく継続させる道を選べませんでした。

椎子『この前は愚痴みたいになっちゃってごめんなさい。またお話しできるの楽しみにしてます』15:31

名前を見た途端、指の先から忌々《いまいま》しいものがズズズッと血管を通して全身に伝染してくるような拒絶感が私を襲い、スマホを放り投げました。運命とは残酷なもので、常にふたりだけに繋がれているのではないのだと痛感します。

――アタローさんには私がいて、先生がいて、それだけで充分だったのに。なのにあの女は、またもこうして私たちを邪魔しようとしてくるのか……絶対に、絶対に近づかせてはいけない。私は十六歳から二十五歳になるまでのこの長い年月、ずっとアタローさんだけを追い求めて生きてきたのに、あの女に触れさせるわけにはいかない。

不規則に鳴る心音をしゃがみながら整え、なんとか平静を装いつつ、お風呂から戻ってくるアタローさんを迎えます。

やっとの思いで夕飯の支度をし、温かいうちにアタローさんの口元へと運びます。スマホを見たなんて言えません。あの女がうろついていることよりも、今はアタローさんがあの女のことをどう思っているのかの方が大切です。私という恋人はいても、勢いに流されてしまう人だということも知っています。アタローさんは自分に好意的な女に免疫がありません。ずっとひとりでいたから、優しくされることに慣れていないのです。優しくされたら、優しくし返すしか方法を知らない人です。それが私は恐ろしくてたまりません。

「アタローさんって、本当はどういう女が好きなんですか?」

これで全く私に擦《かす》りもしない返事が来たときには、どうなってしまうかわかりません。私は、愛されている自信が微塵《みじん》もありませんでした。勢いで手に入れた透明で薄いグラスのような人。思慕の情のままに強く抱きしめてしまえばすぐに壊れてしまうでしょう。

「優しくて、笑顔が素敵な人……」

目をきょろきょろと泳がせながら、頼りなくアタローさんは答えます。私の顔を見ながら、誰のことを思い浮かべて言ったのでしょう。誰のことも浮かべていなかったのかもしれません。私はこんなにアタローさんのことだけを考えているのに、アタローさんの頭の中に私という存在はないのかもしれません。物体としてあるだけで、言い寄られたから受け入れただけで、他の人にも全く同じ表情で同じ言葉を渡しているのかもしれません。これ以上この場所にいて、肩透かしな言葉を浴びてしまったら、私が募らせた九年間の思いがほろほろと溶けていってしまうかもしれないという恐怖が迫ります。

私はどんな顔をしていいかわからず、咄嗟に上着を羽織り、急いで家を後にしました。

「貴美子さんだったらどう思います？」

「やめてよ敬語。貴美ちゃんでいいし。歳もそんな変わんないんだし、先生なのは料理教室の中だけだからさ。普通に友達として話してよ」

「あー、ごめんね……貴美ちゃんだったらどう思う？」

「彼氏が昔、因縁のある女と偶然出会って連絡を取っていたとしたらでしょ……？　すごい確率の偶然だよね、偶然っていうか、不運？　私だったら、ずっと黙ってるかなあ。黙ったまま、不機嫌ではいちゃうかも。相手が自白するように仕向ける。警察の誘導尋問みたいに」

「貴美ちゃん警察に尋問されたことあるの？」

「いや尋問はされたことないけど、最近しつこいお客様がいて。お店の人に言って出禁にしてもらったんだけど、ちょこちょこお店の前で偶然会ったり、家の近くで偶然会ったりして怖くてさ」

「すごい確率の不運だね」

「でしょ？　で、警察に相談したら、生活安全課の担当の人に『ご職業は？　心当たりのある人物は？　気を持たせるような言動は？』って結構がつがつ訊かれて。まあ向こうもそれが仕事だからしょうがないんだろうけど。そんなところで『風俗嬢やってます！　おじさんはお客様です！　気を持たせる言動はリピのためにしてました！』とか正直に言えるわけもないじゃん。で、自分で助け求めるつもりで警察行ったのに、正直なこと何も言えないまま、ググれば出てくるようなストーカー対処法だけ言われて帰ってきた。いつまで耐えたらいいんだろうなー……『明けない夜はないよ』とか『止まない雨はないよ』とか、嫌いなんだよね」

「終わらない工事はあるもんね。サグラダファミリアとか、横浜駅とか」

「ううう……考えるだけでも嫌になってきた。胃が痛い……」

「ストーカー、気をつけて暮らしてね。怖いことあったら電話してね？」

「ありがとう夏夜ちゃん。大好き！　あ、ごめんね私の話ばっかりして。いざとなったら、その女と会ってるその場を直撃するしかないよ。謝罪会見みたいなさ。『どうなんですか⁉　きちんと説明されては⁉』ってマイク持って詰め寄るんだよ。いくら情報集めても男はスラスラ嘘ばっかりつくから。大事なのは、シゲオだよ」

「シゲオ？」

「写真、現場、音声の頭文字。ちゃんと証拠に残しておかないと。ネットの受け売りだけど」

「直接現場まで行っちゃったら怖いとかキモいとか思われない？　大丈夫かな？」

「あー……気づいてないかもしれないけど、夏夜ちゃんのその彼をゲットするまでの歴史聞いてたら、全然大丈夫だと思うよ。それに、夏夜ちゃんはしっかりその彼の恋人なんだし。それくらいしていいの。恋人の権利って、知ろうとしていいことだと思うの。どんな過去を辿ってきたかとか、どんな未来を一緒に過ごしたいかとか、知りたいと思っていい立場だと思うの。セフレとは大違いだから。セフレはね、知っても地獄、知りたいと思っても地獄。恋人になれないなら友達のままがいい」

「still friend？」

「なにそれ？」

「友達のままでいる友達」

「スフレだね。美味しそうになっちゃったね」

「私、友達少ないから、貴美ちゃんにお話しできて嬉しい」

「私も！　オネエの友達欲しかったんだよね〜ずっと」

貴美子さんは悪気もなく簡単に人の心を刃物で刺します。けれどいいのです。ただ私は、アタローさんのことを少しでも知るためにこの人と会っているだけだから。自分という存在が、どこの分布に当てはめられるのか、他人からどう見られるのかなんてどうでもいいのです。人が見たいように見ればいい、本気でそう思います。けれどたまにこうやって『トモダチコレクションとしてのオネエ』とされると、それはまるで狼人間だったり、雪男だったり、人間に擬態した宇宙人のように、人の目に映っているのかなと、自分の存在を疑問視してしまうのです。こんな風に見られるのなら、いっそ友達なんかいらない、アタローさんがいてくれればいいと強く思います。アタローさんは、私のことを受け入れてくれます。なぜか一度たりとも、男だ女だの話をされたことはありません。そんなところもまた、俗世を生きる平凡な人間と異なる、私の唯一の神様なのだと再認識させてくれます。ありがとう、貴美子さん。


アタローさんを神様だと崇めていながら、態度にうまく出すことはできません。

「あなたがいないと私は生きている意味がないの」

と、跪《ひざまづ》いて言いなりになってしまえれば何もかもうまくいくのかもしれませんが、どうにも私にはそれができません。プライドでもなんでもなく、アタローさんを前にするとどうしても失う恐怖が勝ってしまうのです。会っていないときも、会っているときも、いつでもどんなときでもアタローさんだけを唯一愛しています。薄い透明なグラスのような人だとわかってはいつつも、離れていってしまうのが恐ろしくて口調は強くなってしまいます。恋の正攻法を知らないまま、ただひたすらにアタローさんだけを追い続けてきました。心模様の伝え方を知りません。私は、上から目線じゃないと対等でさえいられない自覚がある弱い人間なのです。

──わたしのあなた。

愛を言葉にするのがどうしても苦手な人間なのだと自覚してから、アタローさんに毎朝おまじないをかけることにしました。大好きな人が、私の料理でお腹一杯になってくれることほど嬉しいことはありません。私はお母さんとほとんど朝ご飯を食べたことがなかったので、自分が家庭を持ったら、毎朝温かいお味噌汁の出る食卓にしたいと思っていました。

毎日温かいご飯が食べられますように、気持ち良く眠りにつけますようにと。

それだけを願って今日もアタローさんの寝顔を撫でます。私がどれだけまつ毛美容液を塗ろうとも、こんな長さには育たないと羨むほど長いまつ毛をしています。世間が騒ぎ立てるイケメン俳優とかとは違った魅力があります。この長く短い人生で、私が一番多く、アタローさんの寝顔を眺められますようにと願い事をしながら、今日も眠りにつきます。

ある夜、貴美子さんから電話がかかってきました。なんとなく胸騒ぎがしましたが、私は受話することなくスマホの電源を切り、アタローさんの胸の中で目を閉じ、深い呼吸を頼りに眠りに落ちようとしました。

数分置いて、アタローさんのスマホに貴美子さんからだと思われる着信音が鳴ります。私に電話したかった内容を、今度はアタローさんに流すのでしょう。悪いことが起きる予感は当たるのに、良いことが起きるという予感はなかなか働いてくれません。なんと性能の悪いセンサーなのでしょう。

──きっとこの電話は出ておいた方がいい。

貴美子さんは、もうすぐ死んでしまうのかもしれません。理由は？　と尋ねられても答えられません。〝そう思ったから〟だけです。透明なシャボン玉がパチンと割れるイメージが、何度掻き消そうとも頭から離れてくれないのです。

アタローさんは私の様子を気にしながら電話に出ます。丸めた背中から緊張しているのがわかります。言葉を間違わないように、地雷の敷かれた平原を裸足で歩くようにして、慎重に言葉を選んでいるのが伝わります。少し大袈裟に貴美子さんのことを突き放し、そのまま電話を切りました。私を気にしてくれている様子がなんとも愛おしく、抱きしめながらもう一度眠りにつこうと誘います。

アタローさんには私だけいればいいのです。他の人間が介在する余地もないくらい私とアタローさんが隙間なく繋がっていればそれでいいのです。けれど同時に、貴美子さんが私とアタローさんに何を話したかったのかはずっと気になったままでした。

「ねえアタローさん。私が死んじゃったら、どうしますか？」

貴美子さんがもうすぐいなくなってしまうのではないかという不安が拭えず、私は死に引き摺られ、絶対に投げかけてはいけない質問をアタローさんにぶつけてしまいました。自分のことを愛してくれている人に、愛情を確かめるために自分の死を引き合いに出すなんて……。私は生きる人間のする一番卑劣なやり口で安心を得ようとしたのです。私のドクドクと恐ろしい速さで鳴る脈を聞いてもらうことで、どうにか私の弱さを許してもらえないかと、アタローさんを抱きかかえて眠りました。

翌朝は五時に目が覚めました。アタローさんはまだ眠っています。昨夜してしまった最低な質問が、朝起きても頭をぐるぐると回っています。

〝昨日は悲しいことを尋ねてしまってごめんなさい〟

タクシーの領収書の裏に殴り書きし、アタローさんが毎日着ている上着のポケットに、少しクシャッとして押し込みます。いちいち開いて中身を確認するような人じゃないことを知っています。これはただの、自分の憂さ晴らしです。薄い瞼が開いてしまわないよう、静かに部屋を後にします。

『もしもし？　あ、貴美ちゃん起きてた？　昨日ごめんね、電話出られなくて。どうしたの？』

アタローさんの家の玄関を出てすぐに、貴美子さんに電話をかけます。昨日からずっと頭の中で渦を巻いていた不快感から脱するために。

『夏夜ちゃん……ごめんね、夜中に電話なんかしちゃって。前にストーカーのお話したの覚えてる？　返信してないんだけど、連絡が入ってて。こういうのって無闇に着信拒否とかブロックとかすると何されるかわからないでしょ？　そしたら、「明日、お店にお迎えに行くから」って書いてあって』

『なにそれ、怖すぎない？　今は貴美ちゃん無事なの？』

『うん。でも夜眠れなくて。警察はあてにならないし……とりあえずお店の人に電話したら「明日の出勤は無しにしていいから」って言われたから、とにかく家に引き籠っとく』

電話口の貴美子さんの声は弱々しく、明らかに衰弱しているようでした。ここ数日眠れていない様子でした。

『わかった。何もないといいね……』

『夏夜ちゃんは？　彼氏とは順調？　この前複雑そうだったから』

『まだ何とも言えないけど……とりあえずは様子見るしかないかなって。いざとなったら、シゲオ実践するね』

『私も夏夜ちゃんも、何もないといいね。あと、謝らなきゃって思ってて。この前私、オネエの友達欲しかったって言っちゃったこと、家に帰って後悔した。後悔しすぎてひとりで泣いちゃって、なんで私が泣いてんだって自分にイライラしちゃったりして。本当にごめんなさい。私、この仕事始めるときに友達全員と縁切ってね……それから初めてこんなに明け透けに話せる友達ができたの。風俗嬢って、まあ世間一般からしたら白い目で見られるでしょ？　自分で選んだ仕事なのにどこか息苦しさ感じてて。それを勝手に、夏夜ちゃんならこういう息苦しさ、わかってくれるよね！　みたいに思いたくて言っちゃった。ごめんなさい、傷つけてしまって。大好きなの夏夜ちゃん！　ずっと仲良しでいてね』

変換せずに心を言葉にできる貴美子さんが羨ましい。私も貴美子さんみたいに生きられたら、もっと可愛く甘えられたら、大好きだと伝えられたら。

『私も、貴美子さんのこと大好きだよ。怒ってないからね。安心してね』

貴美子さんに、大好きだと言えました。同じようにアタローさんへも、いつかは声にして伝えられますように。

警察からの連絡で、貴美子さんが殺されたことを知りました。警察署に呼ばれましたが、私は何も話せませんでした。貴美子さんのことだから、他人の口から貴美子さんのことをぺらぺら話してほしいだなんて思わないだろうと推し量ったからです。不思議と感情は動きませんでした。

――やっぱり、悪い予感は当たる
そう思ったくらいでした。自分の薄情さに身震いします。きっとアタローさんの体に触れたことのある敵だと見做《みな》していたのだと思います。

「私のアタローさんだからいいの。どうせ私のところに帰ってくるから。体だけの関係なんて瑣末《さまつ》なものよ」

どこかで聞いた歯の浮くようなセリフを吐いてみて、少しでもマウントを取りたかったのだと思います。貴美子さんが死んで、どこかでホッとしているのです。こんな私なんかよりも、飾り気のない言葉で思いを届けられる貴美子さんの方が愛されるに決まっています。アタローさんを縛って括り付けておかないと、こんなに素敵に笑いかけてくるような人にはサッと奪われてしまうだろうと不安でならなかったのです。

なぜあの世は、優しい人から順番に攫《さら》っていってしまうのでしょう。先生も、貴美子さんももういません。アタローさんの前では、貴美子さんの存在なんて微塵も知らないようにして過ごすしかありません。それが出来るかと問われれば、きっと出来てしまうだろう自分にも腹が立つのです。私のことを気にかけてくれた人がいなくなったときでさえも、アタローさん以外のことは心底どうでもよかった自分自身がずっと恐ろしいのです。

アタローさんも今頃、貴美子さんが亡くなってしまったことを知らされている頃でしょうか。アタローさんも優しい人だから、たくさん泣いて塞ぎ込んでいるに違いありません。本当は、今すぐ駆け寄って抱きしめて私の胸に沈めてやりたいのです。でも今アタローさんに近づいたら、きっと私はその塞ぎ込んだ心の脆弱さにつけ込んでしまうでしょう。私が望むのは、そうやって手に入れたアタローさんではありません。寂しさを埋めるために近づいた人は、寂しくなくなったときに必要とされなくなります。アタローさんに欲されたいのです。悲しいから、寂しいからではなく、欲しくてたまらないからといって抱き寄せられたいのです。

――ねえ。なんで私は、そんなにアタローさんが欲しいの？

聞かないようにしていた言葉が、何度もうるさいくらいに鼓膜に訴えかけてきます。愛されたいと望む割に、愛し方を知らない自分の未熟さを思い知ります。

部屋のベランダから眼下にソメイヨシノを臨みます。

「先生、どんな恋をしていたの？　どれだけ愛していたの？　どれだけ苦しめられていたの？　私はどうすればアタローさんの一番になれますか？」

新緑が風に靡いて、あのボサボサだった髪を思い出します。先生はなぜ椎子さんに惚れ込んでいたのでしょう。自分を殺してしまってもいいと思える恋とはどんなものなのでしょう。アタローさんが好きだった先生が惚れ込んでいたあの女のようになれば、少しはわかるのかもしれません。きっとアタローさんは、次の先生の月命日には、ここにやってくることでしょう。頭がいい人なので、自分の形を整えられたら、きっとやってきてくれます。私を救ってくれた神様は、そこまで弱くありません。

深緑色のカラコンを外し、淡い栗色をしたロングヘアのウィッグを被ります。化粧はなるべく薄く見えるよう、普段は使わないオレンジのアイシャドウや赤みベージュの口紅や、チークなど血色を引き立てるような色合いを肌によくなじませることで、〝特別なことは何もしてませんよ〟感を演出する透明感を出します。鏡の前にはこれまでに見たことのない誰かが立っていました。なんとまあ、嫌な作り笑顔をする人間なのでしょう。上げた口角がぴくぴくと引きつっています。

街を歩いていると、声をかけられる頻度が格段に上がります。マッチングアプリに登録して、斜め上からの

自撮りを何枚かプロフィール写真に選定するだけで、

「めちゃくちゃタイプです！　会えたりしませんか？」

と何人もの男から矢継ぎ早に連絡が飛んできます。それを確認できただけで充分満足しました。

きっとこのフォルムは万人ウケを狙えて、〝その人だから好き〟ではなく〝好意の範囲内〟なのでしょう。ハズレのないくじ引きのようなものです。たとえE賞がポケットティッシュだったとしても、E賞と名前を付けていればハズレではないと主張できるように。結局、誰とも実際に会うことなく、椎子さんのようになる生活には飽きました。


それからしばらく、椎子さんの生活を毎日観察することにしたのです。彼女の住まいも家族構成も過去も、あらゆる手段を用いて徹底的に調べ上げました。私のような日陰の大きな石の裏側にひっついて暮らしている人と違って、表舞台で活躍している人たちというのは簡単にパーソナルが割れてしまう危うさと隣り合わせで暮らしているんだなと、少しばかり同情もしました。

ある日は筋骨隆々とした配達員のお兄さんと、ある日は訪問販売にやってきた若いサラリーマンと、玄関先で数分立ち話をする姿を見かけました。私はこれまで生きてきて、家に寄りつく男性と笑顔で数分話すなんてできたためしがありません。話したいとも思わないですし、もしかすると目すら合わせたこともないかもしれないのです。椎子さんはそれを平然とやれる人なのです。アタローさんもきっと、そのうちの一人でしかないのです。そうであってほしいと願います。

「アタローさんは、あの女にとってなんでもないんですよ。目を覚ましてください。私のことだけ見てください。白んだ目で青空を眺めていないでください。血眼になって私の心を覗いてください」

先生はどうだったのでしょう。先生は真実を知っていたのでしょうか。

――ああ私の神様。どうか、こんなふしだらな女に騙されないでいてください。

「会わなくなって少しの間だけど、アタローさんだって思ったんじゃないですか？『あれ、僕、今、夏夜のこと忘れてたな、夏夜じゃなくてもいいんじゃないかな』って」

やっとアタローさんが戻って来てくれたのに、私は相変わらず皮肉めいた罵声を浴びせてしまいます。こんなにも慕っているのに、隣に居られるだけで幸せなはずなのに。

「そんなことない」

の一言を聞きたくて、私は泥のように汚れた言葉をアタローさんに投げ続けるのです。必死になって縋《すが》りついてほしくて。アタローさん以外の誰かに抱かれるなんて考えられません。考えたくもありません。けれど、私がもし他の男に抱かれていたら、もっと欲してもらえるのではないだろうかという疾《やま》しい考えが先に口を操って言葉を生んでしまうのです。

恐怖心や嫉妬心でしかアタローさんの心を繋ぎ止められない自分のことが心底嫌になります。アタローさんのことを好きになればなるほど、固結びしてしまった心が解けなくなっていくのです。私がこうやってアタローさんを雁字搦《がんじがら》めにする度、恐怖心から嘘を重ねてしまうのでしょう。

「嘘つきは直らないって言いますけど、たぶんそれは私にも問題があって。嘘をつかなきゃいけない相手であり続けてるんですよね、きっと。もちろん、嘘をつくことは悪いことです。それは変わりません。でも、そこまでして嘘をつき続けていないと、私とは向き合えなくさせてしまってごめんなさい。私、アタローさんに会えていない間ずっと謝りたかったんです。私が寂しいんです。私が一緒にいてもらってるんです。いつも怒鳴りつけてごめんなさい。私、アタローさんのことが大好きです。ずっと一緒にいてください」

私が言いたかったけれど言えなかった告白です。喉元まで出かけたけど、ぐっと飲み込みました。飲み込もうとして口を衝いて出たのは、排水溝を這いずり回る野鼠《のねずみ》のような、美しさとはかけ離れた言葉でした。

「抱くなら殺す気で抱いてください」

　アタローさんに抱かれている最中、私は泣いてました。涙の理由を紐解こうとしましたが、私は私の本心に辿り着くことなんて出来ないのだろうなと思って諦めて泣きました。ずっとこうされたかったのです。アタローさんに欲されたい。皮膚も爪も髪も血もすべてアタローさんのためのものだから、好きなように使われたい。剝き出しの欲求のままに貪《むさぼ》られたい。

「愛してる」

　なんて代替可能な便利な言葉よりももっと、剝がれ切った心で私の奥を掻き回してほしいのです。私の命を奪ってしまうくらいの心をください。

「なんでも言うことを聞くから許してください」

　私にそう思わせてください。すべての自由を奪い去って、代わりに全神経を注ぎ込んでください。あなたの瞳が私を見つめてくれる、欲しいと手を伸ばしてくれる。それで漸く、私はアタローさんとひとつになれる気がするのです。


「夏夜ちゃん」

「……なんですか？」

「結婚しよう」

「……バカじゃないの」

「なんで」

「私、大葉夏夜なんですよ。アタローさんの苗字もらっても、また変な名前になります」

「しようよ、結婚」

「そもそも、できないんです」

しますとも。喜んでします。嬉しいです、ありがとう、ずっと一緒にいたいです。いつも困らせてごめんなさい。もうどこにも行かないから、だからどこにも行かないでください。

私たち、きっとうまくいきます。理由なんてないけれど、そう思うんです。

私、あなたといないときは平気で赤信号を無視して渡ります。あなたに早く会うために平気で赤信号を無視します。遮断機が下りてきても斜めに走り切ります。カップ麺は二分で蓋を開けます。メイクの時間を長くとるためです。あなたとご飯を食べるとき「たくさん食べる子だな」って引かれたくなくて、事前にお腹を満たしてあなたに会いにいきます。それくらい、私はあなたに焦がれています。

恋はあなたが欲しい、愛はあなたに生きてほしい。

執着は……あなたの生きる理由にしてほしい、のかもしれません。

恋も愛も執着も、すべてあなたのために生まれた心です。


「赤ちゃんが泣いて生まれてくるのは嬉しくて泣いてるんだ」

って言う人がいるじゃないですか。喜怒哀楽って四字熟語が喜から始まる理由もそれなのかなって。私たち怒るじゃないですか。毎日哀しいじゃないですか。最後は楽しく死ねるのかなって。そうやって情けない希望を持ちながら、またこうやって怒りながら、哀しみに身を潜めながら、生きるしかないのかなって思います。

アタローさんはまた椎子さんとふたりで会ってしまいました。そういう人なのです。今更絶望することなんてありません。運命の糸は複雑に絡み合って簡単に解けないものだとわかっています。

一時間ごとに連絡をするという約束をしていたのに、それが何時間も来なかったから、これはもしやと思い椎子さんの家に駆けつけます。

「貴美ちゃん。シゲオするね」

天に向かって祈りを捧げます。どうか見守っていてください。私が椎子さんを殺してしまわないように。アタローさんを追い詰めてしまわないように。

「アタローさん」

声をかけると、体をビクンと跳ねさせ時間をかけてこちらへ振り向きます。おやつを盗み食いしていたのがお母さんにバレた子供のようで、ただただ可愛らしく映りました。アタローさんはそういう人だからしょうがないし、そんなアタローさんを好きになってしまったのだから私もしょうがないのです。どうも私は内心と言葉がちぐはぐで、冷静でいながら罵詈雑言《ばりぞうごん》が口を衝いて出てしまいます。とにかく今は一刻も早く、アタローさんをこの女から引き剝がさなければならないのです。

私の恋人にべたべたと気安く触れようとするその指先が赦せませんでした。アタローさんが私に怒号を浴びせようが、泣き顔で私への不満をぶつけようが、なんの傷もつきません。剝き出しの感情を見せてくれることはただただ喜ばしいことです。

「あなた……どこかで会ったことある？」

たぬきのような丸い目をきゅっと眇《すが》めて、女は私に尋ねました。先生の家で出会《でくわ》してからもう七年の歳月が経っているのに、あれから私も努力と研鑽《けんさん》を重ね、やっとアタローさんの隣に並ぶに相応しい外見を手に入れたというのに。あの一瞬のことを覚えられているなんて。

アタローさんは睡眠薬の過剰摂取と一酸化炭素中毒で自殺を試みました。幸いにも発見が早く、一命を取り留めてくれました。

椎子さんに会って以来、アタローさんが安全に生きられるように外部との接触を遮断したり、いつどこにいても駆けつけられるように位置情報を把握したりと、二度とアタローさんの元に害悪が降りかからないように願っていたのに。

アタローさんが残した遺書を読む限り、トドメを刺したのは私だったのです。警察から事情を聴き、私はその場で泣き崩れました。アタローさんを不幸の雨から守る傘になろうと生きていたのに、私自身が際限なく降り続く雨だったということを、そこで漸く知ったのです。遅すぎる自覚でした。体から血の気がさっと引いていき、急に悪寒が走り、涙が止まらなくなりました。

椎子さんへの手紙を私に託して逝った先生と、私へ手紙を残して逝こうとしたアタローさん。どうしてこうもふたりは似ているのだろうと悲しくなると同時に、私が椎子さんを嫌うのは同族嫌悪なのかもしれないと思うと、今にもこの身を捨て去ってしまいたい気分になりました。もしアタローさんがそのまま逝ってしまっていたら、私は迷わず後を追ったでしょう。

搬送された病院に真っ先に駆けつけたかったけれど、警察署での事情聴取で足止めを喰らいます。

「起きてあなたが目の前にいたとして、彼がどんな思いをするのかよく考えた上で行動なさってください。民事なので我々は一切関与できませんが、人の命に危害が切迫した場合、予防する必要があります。このような結果に一度なってしまっていることは事実ですので」

全く関係のない赤の他人の忠告なんて、気にするような私じゃなかったのに。私はアタローさんにとって明確な危害なのだと突きつけられました。急に心臓に釘を刺されたような痛みを感じます。私はこれ以上、アタローさんを追いかけてはいけないと、そのとき初めて思ったのです。

――降りかかる不幸から、アタローさんが守られますように。

その終わりのない祈りを、一番近くで聞いていたのは紛れもなく私だったのです。

受付で教えられた病室に急ぐと、私よりも先にアタローさんの寝顔を眺めている女がいました。

「なんであなたがここにいるの」

「なんでって、回収をお願いしようとして事務所に電話したら、アタローくんが病院に運ばれたって聞いてえ……アタローくんってさ、少しだけ、ふみくんに似てると思わない？」

語尾をたらたらと伸ばす話し方が気に入りません。アタローさんから離れるという決心が揺らぎそうになるのを感じます。

「あなたには無理よ。あのとき私が抱いた違和感は間違いじゃなかった。私たち会ったことあるわよね?」

「黙れ。それ以上アタローさんの前で喋るな」

「あなたには何もできないし、誰も救えない。とても未熟で、無力なの。ふみくんの家に来たときだってそう感じたんじゃないの? 『私には何もできない』って思わなかった? ……あなたじゃ駄目なのよ」

先生をあんな風に追い込んだお前が言っていいセリフじゃないだろうと、怒りに身を任せて罵倒したくなります。先生がどんな思いで逝ってしまったのか、この女は知る由もないのです。だからこんなことをぺらぺらと言ってしまえるのです。

「ずっと……ずっとお前だけは許さないと思って生きてきた。アタローさんにだけは触れさせないようにと思って生きてきた。なのに……」

「男のくせに、気持ち悪い」

目が覚めるような一言でした。

ああそうか。私とアタローさんの歴史も知らず、性別だけで優劣をつけようとするこの人は、自身が負わされたコンプレックスにいつまでも苛まれているのでしょう。自分が〝女だから〟と受けてきたであろう屈辱を、誰かに回すことでしか自分を救うことができない可哀想な人なのだとその瞬間わかったのです。私がしばらくの間、椎子さんのようにして生きることを体験したからこそ、その悲しみや恥ずかしさや怒りが染み込んできたのです。誰かに欲されることでしか自分を形作れない、実体のない空虚な人なのだと思うと、急に可愛く見えてきました。

「病室だとアタローさんが起きたときに戸惑うと思うので、外でお話ししませんか?」

私は椎子さんとふたり、病院の庭のベンチに腰掛けました。ここ数日、ずっと晴れ渡っていたのに、今日は厚い雲が空を覆っています。

「先生が亡くなった日のこと、覚えてますか？」

「なに？　突然」

「私、先生が飛び降りる瞬間を見ました。一緒にいたんです。あの頃私はまだ十七歳だったけど、先生に誘われて初めてお酒を飲みました。先生が人生最後に乾杯した相手は私です。私、結構酔っ払ってて、ぼやーっと先生のこと見てたら、ふわっと屋上から飛んでいなくなってました。あの世に吸い込まれていく瞬間を見たんです。優しい人ってすぐ死んじゃいますよね」

売店で買ったドリンク剤を飲みながら、私はなるべく淡々と話しました。本当はあのとき、何時間も咽び泣いていました。二年間誰とも話す気になれず塞ぎ込んでいました。今でも数日おきに先生が飛び降りたあの瞬間を夢に見ます。その度に息が詰まって目が覚めます。それでも、なるべく淡々と、椎子さんの目を見ることなく、鉛色をした厚い雲に向かって話しました。

「何が言いたいの？」

「さっき『男のくせに』って蔑んだじゃないですか。でもそんな私が、先生の最期を見送ったんです。本当はあなたがそうなりたかったんじゃないかなって。『愛した人の命が終わるとき、その目に映る最期の景色になりたい』そう望むのっておかしなことじゃないと思うんです」

「………」

椎子さんは俯いたままじっとして動きません。

「偶然か、運命の悪戯かわかりませんけど、先生の奥様とお子さんを轢《ひ》き殺したのって、あなたのご主人を乗せた車だったんですよね？　いろいろ調べてわかりました。あなたのご主人が雇っていたドライバーの男性が過失運転致死罪に問われたけど、充分な回避可能性がなかったとして不起訴になったそうですね。奥様とお子さんが亡くなったと知ってどう思ったんですか？　『ああやっぱり、私と先生は運命で繋がれているんだな』って少しだけでも思いました？　やっと先生が自分のものになるって思ったんじゃないですか？」

「やめて」

「運命って皮肉なものですよね。それからご主人はどう過ごされてるんですか？　ご自身が轢き殺したわけじゃないからって平然と暮らしてらっしゃるんですか？　あなたはどう暮らしてたんですか。夫が運転させていた車が先生の家族を奪ったのだから、私から先生が奪われても仕方ないって腹の底に落とし込んで生きてましたか？」

「私には関係のないことだから」

椎子さんが席を立とうとした瞬間、私はバッグの中から拳銃を取り出すようにして封筒を差し出しました。

「関係ないんですかね？　それならそれでいいんですけど。先生は、あなたのことを心から愛していたみたいです。あなたも先生のこと愛していたんだと勝手に思ってます。そうじゃないと先生が浮かばれないから。なんであなたみたいな人がってずっと思ってましたし、今でも思ってます。でも少しだけわかります。愛した人のこと、自分だけのものにしてしまいたいって気持ち。先生の人生は、サッドエンドだけどバッドエンドではなかったと思います」

「なにがわかるのよ。第一、あなたに言われるまであの人のことなんか忘れてたし」

「これ、先生の遺書です。椎子さんに渡してって言われてたけど、ずっと持ってました。なんで奥様じゃなくて、あなたなんかにって思うと悔しくて、ずっと持ってました。ごめんなさい。人って、忘れたいと思っていた人のことを、本当に忘れてしまっていたときが一番寂しいじゃないですか。忘れたいと願うことって、永遠でいてほしいと祈ることと似てると思うんです。忘れられない人がいるっていうのは、寂しくない証拠だと思います」

七年越しに、先生の遺書を椎子さんに手渡します。

便箋を開くと、程なくして啜り泣く声が聞こえます。私は黙ったまま、澱んだ空を見つめます。ボトボトと、雫が垂れる音がして、椎子さんは大声で泣きました。子供のように泣いていました。

——約束を守るのが遅くなってごめんなさい。先生は愛されていましたよ、ずっと。

私はアタローさんのいない毎日を生きられるでしょうか。そんな生活を送ったこともなかったから、想像することもできません。病室に戻ったら、アタローさんの寝顔をこの目に焼き付けて、さようならと言えますように。

緞帳《どんちょう》が上がるように、重く閉ざされた雲がじんわりと割れていき、光芒《こうぼう》がすっと地上に脚を伸ばしました。

これが、私の告解です。

先生

「災難っすねほんまに」

「関西の出身なんですかあ？」

「生まれは京都です」

「いいなあ、京都。じっくり行ったことないんですよねえ」

「京都ならどこでも案内できます。よかったら言うてください。せっかく生きてたし」

「せっかく生きてますもんね私たち。私、死にたいなーって思ってたんですけど、いざこうなると、生きててよかったあって胸撫で下ろしました」

「死ぬのはあかんっすよ。いや、わからんけど。俺、あなたの名前も知らんし」

「木偏に、ふるとりで椎子です。A、B、CのC子です」

「ABCの？」

「姉がいます。双子なんです、彼女たち。由里香と沙由里、私はC子です。法則的には由とか里とか入ってもよかったと思うんですけどね」

「素敵な名前です、椎子さん。椎の木ってどんぐりの木ですよね？　どんぐりにも花言葉あるの知ってはります？」

「知らないです。椎の木がどんぐりの木ってことも知りませんでした」

「永遠の愛、なんですって。めちゃくちゃ荷が重い花言葉つけられてますよね。山の動物たちに食べ物を恵み続けるから、とかだった気がします。知らんっすけど」

「関西の人って知らんけどって言いますよね」

「言うてました？」

「言うてました」

「ごめんなさい」

「謝らないでください」

「俺はふみです。長男なのに漢数字で二三二って書いてふみです。『あ、じゃあお兄さんがはじめさん？』っていつも言われます。父が野球してたときの背番号らしいです。自分の名前はあんま好きじゃないです」

「ふみくんですねえ。私はふみって名前好きですけどね。優しい響きです」

「距離詰めるのうまいですね」

「特技なんです」

「俺も距離詰めていいですか？　なんで死にたいと思ってたんですか？」

「詰めますねえ。出荷の日が近づいてるんです、私の」

「出荷？」

「結婚させられるんです。この時代に珍しいですよね。財閥かなんかの御子息と結婚するんです。それが嫌で、ひとりで誕生日旅行ついでに死んじゃおうかなと思って」

「そうやったんですね……え、今日がお誕生日なんですか？」

「そうです。お誕生日。散々なお誕生日」

二〇〇四年十月二十三日。東京から新潟に向かう新幹線が脱線した。突然下からガツンとした重い衝撃が座席に刺さり、ガタガタという音が鳴ったあと、勢いよく座席から投げ出された。体の上に、隣に座っていた女性がかぶさるように落ちてきた。〝シータが天空からふわふわと降りてくる〟みたいなのではなく、剣道で突きを喰らったあの感じに似ていた。この女性を守らなければと瞬時に思い、急いで上下を入れ替え背中で覆った。長い時間をかけてブレーキがかかり車両は斜めになったまま停止した。照明が一時的に消え、ぱちぱちと瞬《また》いた後ですぐに復旧した。俺は胸に彼女を抱《だ》き抱《かか》えながら車掌のアナウンスを聞いた。彼女は俺の服を握ったまま震えていた。

幸いその事故では死傷者はゼロ。乗客は二時間弱、線路の上を縦に並んで誘導されるまま長岡駅まで歩いた。引率されるその二時間、椎子とずっと手を繋いでいた。到着した頃にはもう彼女の誕生日は終わっていた。

「来年の誕生日は楽しい日になるとええなあ」

「ふみくんがしてくれるんでしょ、楽しい誕生日に」

「プレッシャーえぐいねんけど」

運命とは時に強引に、隔たりのあるふたりを引き寄せる。

一年後、ふたりで新潟の旅館に出かけ、そこで彼女の誕生日を祝った。大層な懐石料理を前に、髪を高い位置で結い、浴衣を着た椎子がいる。この一年で、彼女の表情は随分と柔らかくなった。あのとき死のうとしていた彼女が、今こうやって楽しそうに目の前でご飯を食べている。それだけで充分すぎるほど幸せだった。

「まさか本当に来ることになるとは思ってへんかったな」

「ほんとー？　私はなると思ってたよ。ふみくん約束は破らない人だし。浮気はするけど」

「浮気してへんて！　あれはたまたまスーパーで保護者の人に会って、帰り道が一緒やったからお子さんの話とかしてただけやねんて、ほんまに」

先週、タイミング悪く担任しているクラスの生徒の保護者と歩いているところで椎子に出会し、浮気を疑われていた。二度目はないよと言われているので、そのスーパーを使わないようにしている。

「じゃあ私のこと恋人ですって紹介してくれてもよかったのに～……『あ、えーっと、知り合いです』ってあたふたして」

「恋人ですって言うたってそんなん……もう半年先とかにはいよいよやろ？」

「恋人は恋人でしょ？　なに？　違うの？」

「いや……せやな。恋人やな。ごめんな嫌な思いさせて」

半年先には、椎子は入籍してしまう。知っていて、こうなったのだ。半年後には、身を引かなければいけないとわかっている。今日は彼女の誕生日を恋人として最後に祝える日。不安にさせないように、不安にならないように、土から出た芽が美しく花を咲かせるまで丁寧に水をやる。

「ちゃんと謝れて偉いねぇ」

「……椎子ちゃんさ、俺と一緒に京都で暮らさへん？　教員採用試験受かったら京都でも教員として働けるから」

椎子は垂れた丸い目が無くなってしまうほどケラケラと笑った。

「駆け落ちの提案？　プロポーズ？」

「どっちもやな」

「私のコピーロボット作って、そっちを実家に預けて、私はふみくんと消え去れたらいいのになあって思う。この前、母親に廊下でお辞儀されたんだよー？　コピーロボットっていつかできるのかな本当に……」

「なあ。椎子は俺とおって幸せか？」

「どうしたの？　寂しいの？」

「あー……そやな。寂しいわ……ごめん。わかった上でこうしてるし、望んだらあかんこともわかってる。駄々こねてごめん」

「ふみくんからごめんって言われるの好きよ。去年新幹線で私のこと抱きしめてくれてたときも『ごめんなさい、知らん奴にこんなんされたら嫌っすよね』って言ってた。覚えてる？」

「言ったかな……でも俺やったら言いそうな気もするな」

「言ったの。で、そのときにね、あぁこの人優しすぎて損する人だなって思ったの。優しすぎる人って自分のこと考えてないから。私はこの人に守ってもらったから、次は私がこの人の傘にならなきゃなって思ったの。この人が自分のことを大切にできない分、私が大切にしてあげたいって」

自分よりも誰かを大切にすることが当然のことだと思いながら生きていた。人は誰かを幸せにできなければ生きている意味がないとさえ思う。その一心で教師という職に就いた。コンクリートだと信じて踏みしめていた地面が、実はプレパラートだったことに今更気づき、一歩も動けないような息苦しさを感じる。

「私はね、いずれ出荷される運命だから、その日までは自分のためだけに生きようって決めてるの。誰の迷惑も気にせず、誰の表情も気にせず自分のために生きようって決めてるの。だから、ほら」

椎子は左手をこちらへ差し出し、ピンと伸ばした中指を下にずらす。薬指の側面に小さく〝23〟という数字のタトゥーが彫られていた。

「ふみくんからこの指に指輪を貰うことは叶わない人生でしょ？　だからあなたの名前をここに入れた。あなたが嫌いだって言ったあなたの名前は、あなたの一番愛した人の薬指に彫り込まれてる。人質みたいでしょ。その前に子供っぽいかー！　恥ずかしいねぇ〜」

彼女は複雑そうに笑った。きっと彼女自身、運命に抗《あらが》うことのできない己の弱さを認めているのだと思う。

縁側の椅子に腰掛ける。月の光が椎子のはだけた首元に反射する。グラスに注いだ白ワインを角度をつけて喉元に流し込む姿も、いつかは見られなくなる。いつか必ず来るその日が恐ろしくて、肺が握り潰されそうになる。

——明日からは、今日までのことを忘れてね。さようなら。

そんな言葉を告げられるくらいならいっそ、と何度も思った。明日朝になったら、帰りの新幹線に乗らず、手を引いてどこかへ逃げてしまおうか。日本にいると引き戻されてしまうのなら、海外にでも逃げてしまおうか。月にでも火星にでも、追手が来るなら冥王星にでもいち早く移住してしまおうか。ろくでもない考えばかりが生まれては消える。

この一年間、椎子を不安にさせないようあらゆる人間関係を排除した。狂ってる、騙されてる、洗脳されてると何度も言われたが、最後の最後には、

「お前の好きにしたらいいよ。その狂気の沙汰の出口で待っといてやるから」

と言ってくれる友人もいた。それだけでこの人生は満点だと思えた。

「今から会える？」

の問いかけに、

「今日はダメなんだよね」

と返すと、二言目には〝さようなら〟と返ってくる。一年の時間をかけて、心の中にじんわりと椎子は棲み着いた。背中を向けて眠れる人は強い。愛されている自信がある人。

「何考えてるの？」

グラスをテーブルに置いて、椎子が前屈みになって言う。はだけた浴衣の隙間から谷間が見えて、この膨らみすら誰かの手に渡ると思うと悲しくなる。

「ん？　いや、月、綺麗やなーと思って」

「夏目漱石？」

「あーもう！　それただの逸話やから、真偽は不明」

「そうなんだ、信じちゃってたあ。月が綺麗ですねって言うの憚《はばか》られる世の中になっていくのかなあ」

横顔は少し寂しそうに見えた。椎子のくるんと弧を描く丸い鼻先が好きだ。

「『月が綺麗ですね』でそう伝わってくれるねやったら、恥ずかしがらんと何遍でも言うわ。椎子ちゃんにど

うにか伝わりますようにって言葉を繰り返しててん。どうにか、愛してるって伝わるように、どうにか愛しすぎてるってバレへんように、下手くそなりに上手を演じててん。空が青いですね、桜が散ってますね、焼き鳥美味しいですね、洗剤がもうすぐなくなりますね、全部椎子ちゃんのための言葉。椎子ちゃんに幸せでいてほしいって願う言葉」

「私が幸せでいたら、ふみくんはそれで満足？」

「せやなあ。それ以上に幸せなことはないと思う」

「それをふみくんが幸せって呼ぶんなら、多分私たちは幸せになれないよ。私の幸せは、ふみくんの人生を手に入れることだから。脅迫じみてるけど、本心をあなたに隠すのも変だと思うから。あなたには知っててほしい。あなたのすべてが欲しい。あなたの心遣いも、視線も、温度も全部欲しい。恥ずかしい姿になってもいい、ぐちゃぐちゃになって誰かに蔑まれてもいい。どうせあのとき、あの新幹線で一回死んだような人生だもん。他の人と結婚するくらいで、じゃああとは勝手に幸せになってくださいなんて簡単に溶けてしまう心ならいらない」

　彼女に振り回されるのは気持ちがいい。さようならと唐突に告げてみたり、それくらいで離れてしまう薄弱たる心ならいらないと言ってみたり、発言に一貫性はない。S極とN極が日々ころころと入れ替わると、こちらが何極かすらわからなくなる。引っついて、離れて、摑まれて、遠ざかっていく。もういちいち反抗しようとする気力も湧いてこない。ただただ彼女の重力によって軌道を周回するだけの衛星になってしまうのが楽だ。

「俺は、喜んで椎子ちゃんのものになるから。心配せんといて」

「ありがとう。私のものになれるの嬉しい？」

「うん」

　椎子の肌は柔らかい。柔らかいのに押すと内側から跳ね返す弾力がある。旅館の布団は平たくて、いつものようにはいかない。月明かりが照らす鎖骨の窪みがやけに艶っぽく映る。大浴場の泉質のせいか、据え置きのシャンプーのせいか、いつもの椎子とは違う薫香《くんこう》が漂う。暗闇の中で、半年後には結婚してしまう椎子を抱きながら泣いた。別の日々を暮らす椎子を想像しながら泣いた。椎子は僕の涙を舐め、

「可愛い人」

と言って顔を胸に沈める。〝これが最後〟だと思うことは、こんなにも愛おしさに包まれることなのかと初めて知った。

椎子が結婚してから一年後、

「結婚することで諦められる恋もあるかもよ」

という奇妙なプロポーズを受け、結婚することになった。まさか自分が椎子以外の誰かと結婚することになるとは思ってもみなかった。が、それでよかった。小高い丘の上に建つ、見晴らしのいい団地に住むことにした。春になるとベランダから桜の木が見下ろせる。街並みに桜の花が舞う。自分にとっての結婚は、〝幸せにしてやりたい〟とか、そういったかっこいいものではなく〝あなたに一番救われたい〟という祈りに似ている。


椎子との連絡が途絶えてから、自覚できるほどに荒んだ生活を送っていた。眠れない日々が続き、目の下のクマが取れなくなった。仕事場でだけはそんなやつれた姿を見せるわけにはいかないと気を張って教壇に立つが、一人になると反動で酒を飲むことでしかやり過ごせない自分がいた。

途方に暮れる中、大学時代に四年間付き合っていた元恋人と偶然再会した。

切れ長の一重瞼で、凛とした姉御肌が印象的だった。笑うとアニメに出てくる猫のような顔になるのが愛らしい。大学生の頃、ふたりで住んでいたアパートの近くにある、彼女の両親が営んでいる中華料理屋によく通った記憶がある。中華料理屋が好きなのは、彼女からの影響だった。

体調の心配をしてくれるようになり、一緒に過ごす時間が増え、あれよあれよと籍を入れることになった。

自分の身を取り巻く流れに足掻《あが》くことをやめると、不思議と楽に生きられた。

「好きとか、昔は好きだったとか、そういうのなくてええから。ただただ私が、勝手にあんたのこと気にしとうだけやから。あんたが死んだときに一番に気づいてあげたい、大きい地震が起きたらあんたの安否を一番に知りたい。それだけやから。この子もあんたのこと好きやし、あんたさえよかったら」

妻には三歳になる息子がいた。おかっぱ頭がよく似合う、笑うと猫の髭のようなエクボができる可愛らしい子だった。やはり猫の子は猫なのだと思った。休日には三人で公園に行ってお弁当を食べる。三人で横になって昼寝をする。夜になって子供が眠り、夕食のカレーをふたりで夜中にもう一度食べる。テレビの音も道路を行き交う音も聞こえない真空の夜を夫婦だけで過ごす。

「なんであんたご飯余るん？」

いつもカレーのルーは先に無くなる。それが当たり前だと思っていた。

「なんでそっちこそルー余らせてんねん」

「食べるバランス悪いんちゃん？」

「ルー余らせとう人に言われたない」

静かに笑い合い、スプーンでご飯とルーを掬《すく》い合ってお互いの口に運ぶ。夫婦の時間を過ごす。

「ほんまは今日ね、肉じゃが作ろうと思っててん。手料理といえば肉じゃが！　みたいなところあるやん？」

「あるかな」

「あるんよ。好きな人に料理作る側にとっては、肉じゃがって発表会みたいな気持ちになんねん。途中まで作って、でも途中で私、カレーのルー入れた。わざわざスーパーにルーだけ買いにいって。夕方雨降ってたけど、わざわざ買いに行ってん。溶かして煮込んで、カレー出来上がり」

「なんで肉じゃがやめたん」

「肉じゃが作って『これじゃない』って思われるのが怖かった。お前じゃないって言われているのと同じ気持ちになってしまいそうで……まだ結婚してしまった人のこと思い出す？」

　皿が真っ白になるほど何度も同じところをスプーンで掬い上げながら、彼女は問いかける。

「思い出さへんよ。大丈夫。今度俺が肉じゃが作るわ。発表会させてや」

「楽しみにしてるわ。酷評したるからな」

　ふっふっふと悪役キャラのような笑い方をして彼女はにやけて見せる。気の知れた仲だからこそ自然体でいられる。大きなときめきや、身を焦がすほどの熱はなくとも、穏やかに毎日を過ごすことができる。温かい、というのはこういう日々のことを指すのだろう。

「ふみさあ、クレヨンって何色から無くなっていった？」

「何色やろ、青かな。空とか海とか塗るのに使うし」

「せやんなあ。だいたい好きな色からなくなっていくやん。私ピンクやってんやんか。あの子のクレヨンこの前見てみたら全部同じ長さやってん。茶色も黄緑も赤も青も。珍しない？　ほんで描いてる絵見たらな、黒で太陽塗って緑で海塗ってんのよ」

「天才児なんかもしれんで」

「私もちょっと思った。気になって聞いてみたらな、『僕が描いた絵が綺麗な色じゃなくても、クレヨンたちがみんな一緒の長さでいてくれたらいい。誰かが先にいなくなるのはいや』って言うててん。なんかめっちゃ込み上げてきてさ、私この前ひとりで泣いた。あの子の優しさに感動したのもそうやし、ひとりでがんばって育ててきたつもりやったけど、寂しい思いさせてるかもしれんって思って」

　話しながらぽとぽととテーブルに涙を落とすから、彼女を後ろから抱きしめる。

「これからは俺もおるから大丈夫。いなくならんから大丈夫。話してくれてありがとう」

「大丈夫？」

「うん、大丈夫やから」

誰かのために生きることで幸せになれるのなら、これ以上に恵まれた環境はない。たられぱの世界を想像して現実に肩を落とすのはやめよう。妻と子のために生きてみよう。

子供は「子供の頃の思い出を覚えておかなくては」と思いながら生きてはいない。それは自分の人生を通してよく理解している。写真を撮ったり言葉に残したりして思い出を形にしてあげるのが親の務めだ。そう思いながら、妻と子の写真をたくさん残した。三人での写真は少ないながらも、なるべく撮るようにした。

もし自分が先にこの世を去ったとしても、思い出が温かいから大丈夫。寒くない。凍え死んだりしない。

ふたりにいつかそう思ってもらえることを心で願いながら写真に残した。


そのふたりが、先にこの世からいなくなってしまった。車に轢かれて亡くなった。

夕飯の買い物から帰ってくるときのこと。ふたりが自転車に乗り車道の端を走っていたところ、後部席に座っていた子供が何かを指差し、運転していた母が反応した瞬間、縁石に乗り上げバランスを崩し車道側に転倒したと警察から説明を受けた。自動車は避け切ることができず接触し、還らぬ人となった。事故現場を見に行くと、そこには国道沿いの大きなスーパーがあった。隣にひっそりと佇む花屋を見つける。彼は花屋を指差したのだろうか。

——何もできない親でごめん。何もしてやれない夫でごめん。ふたりのために生きようと決めたのに、俺は何も……。

事件から何日かが経ち、生気の感じられない部屋でひとり、テレビをつける。お笑い芸人たちがローションを体中に塗りたくり、階段を登っては滑り、登っては滑りを繰り返す。暗い部屋でぼーっと画面を眺めていると涙が頬を伝う。抜け殻になった気分だった。

悲しいと自覚していなくても、クッと奥歯を噛み締めるとウォーターサーバーのように勝手に涙が出てくる。酒を飲んでやり過ごそうと何日かぶりに冷蔵庫を開くと、そこにはホールケーキの箱があった。

「パパ　お誕生日おめでとう」

ケーキの上の飾りを手にし、膝から崩れ落ち、大声で泣いた。お笑い番組の笑い声を掻き消すほどに大声を上げて泣いた。

自分の誕生日なんてすっかり忘れていた。賞味期限切れのホールケーキを手掴みで食べる。流れ続ける涙は止まる気配がない。胸焼けしそうな甘みを、この人生で忘れてはいけない。一生覚えていなくてはいけない。思い出が温かいから大丈夫。寒くない。凍え死んだりしない。大丈夫。

息子が花屋を指差したのだとしたら、それは誰宛の花を包もうとしていたのだろう。


「たった数年でも、あんたと暮らせてよかった。日に日に元気になっていくあんたを見られて嬉しかった。あの子とも仲良くしてくれてありがとうね。優しすぎるのはあんたのええとこやから、これからも優しく生きてね。いつも安心させてくれてありがとう。あんたに『おはよう』って言える毎日は幸せやった。美味しいご飯食べて暖かいところで眠ってね」

妻の膝の上で頭を撫でられる夢を見た。彼女が夢に出て来てくれたのは、後にも先にも、一度だけだった。


『もしもし？』

深い穴を掘り、セメントを流し込んで二度と触れないようにしていた記憶が引き戻される。電話になんか出なければよかったのだ。声を聞いた瞬間切ってしまえばよかったのだ。そもそも着信拒否にしておけばよかったのに……自分の弱さを呪う。自分の中に巣食っている彼女の記憶をこそげ取りたい。それが染み付いて離れないのか、自分自身が大切に守り抜いているのかわからない。

『はい』

『元気？』

『ううん、元気ちゃうな』

『あのね、私、海に行きたいの』

『ああ……そうなん』

『海、行きたいの』

『今から行こか。迎えに行くわ』

指定された場所まで車を飛ばして向かう。迎えに行ってはいけないと頭ではわかっているのに、こんなときに限って信号はすべて青で、走る車を止めてはくれない。

街灯の下で、栗色の長い巻き髪を夜風に靡かせ、彼女は無邪気に手を振っている。ひと目見た瞬間、鼻と目の間をつままれたような苦しさが押し寄せてたまらなくなる。

「夜中の海なんかなんも見えへんよ」

「いいじゃない。駆け落ちするみたいで。太宰の死に際みたいでしょ」

「太宰は富栄に殺されてんで。死ぬのを諦めへんように」

助手席に乗り込むやいなや、死に際の話になるあたり、きっと死神が自分に纏わりついているに違いない。

数年ぶりに見る椎子は何も変わっていなかった。本当に、何も。目尻の皺一つ増えていない。こちらはといえば憔悴、回帰、憔悴の連続で、鏡を見る度げんなりするほど老け込んだというのに。彼女はそれだけ愛に恵まれた毎日を送っているということなのだろう。

久しぶりらしい感動や激情や彼女の結婚生活に対する嫉妬心のようなものは湧いてこない。ただただ自然だった。間を埋めるための会話も、探り合うかのような攻防戦もない。隣同士になって夜の海を目指すだけ。

海岸では犬を散歩させているおじさんがひとりいるだけで、波音だけが彷徨っていた。砂浜に立ち入ることもなく、遠くから真っ暗な海を眺める。彼女がなぜこれを見たいと思ったのかはわからない。彼女のことなんて、最初から今の今まで何もわからない。

「ふみくんはね、昨日見たしょうもない夢の話をしたいと思える人なんだよね」

「夢の話？」

「うん。ゾンビに追いかけられて怖かったとか、巨人に踏み潰されたとか、そういうしょうもない夢をね、一番に聞いてほしいと思える人なの。好きとかじゃないよ。愛してもない。でも、ただ聞いてほしいと思える人なの。辻褄《つじつま》の合わないオチもない話をただただ聞いてほしいと思える人なの」

「喜んでええやつ？」

「お任せするう。美容室に行ってすぐの姿を見てもらえないとか、ふらっと入ったラーメン屋さんが美味しかったって報告ができないとか、会えない間、無性に悲しかったんだよねえ」

語尾がだらっと伸びるのを久しぶりに聞き、思い出が津波のように押し寄せる。

――そうだ、この人はこうだった
妻と子を失ってしまった悲しみを抱いていなくてはならないと自分自身を囲っていた檻の中に、易々と入り込んでくる。

「私、結構がんばったんだよ？　一緒にいた時間の思い出を汚す権利があると思うの。思い出の場所に、どうでもいい男を連れていって、どうでもよくなるように上書きするの。どうでもいい人と一緒に暮らして、どうとでもなれって身を預ける。細い筆で描かれた繊細な絵に泥水を垂らすの。悲しくないよ、全く。そうやって、ふみくんを忘れようとした」

月に照らされる彼女の横顔を久しぶりに見た。見惚れそうになる自分に気づき、波の音に集中することで注意を逸らす。

「あの日さ、ふみくんが『さようなら』って言ってくれて救われたの。いつか私から言わなきゃいけないと思ってたその言葉が、ずっと魚の骨みたいに喉元に引っかかってたから。本当は泣いて縋りたかったけど」

「さようなら、ってすぐ言うてくれたやんな」

「言った」

「この人、簡単に俺のこと捨てられる人なんやなって思った。その潔さが妙に清々しくて、追うのはやめようって思った。朝起きて隣におらん毎日は地獄やったわ」

「甘いよ。朝起きて好きでもないどうでもいい男が隣で寝てる方が地獄よ。等活地獄と無間地獄くらい地獄レベルに差があるよ」

「地獄詳しいんやめてや」

地獄の話題で久しぶりに笑えた。やっぱり死神が取り憑いているに違いない。椎子と話していると、つい自分の境遇を忘れてしまいそうになる。それが悲しい。

「離れてよかった。一緒にいて寂しい人とは一緒にいちゃダメなんだよ。ふみくんがいても寂しいし、ふみくんがいなくても寂しい。嫌になっちゃうねえ。もし明日死ぬとしたら誰に電話しようって考えてたの。気づいたら電話かけてた。海になんか用事ないよ。ただ遠くに連れて行ってもらいたかっただけ」

返す言葉を探すことなく、海を見つめる。そこに海があってよかった。

「俺は明日死ぬとしたら……椎子ちゃんには会わんと死ぬかな」

「やっぱり私になんか会いたくなかったよね。今日はわがまま聞いてくれてありがとうね」

椎子がなんと言わせたがっているかがわかったから、言わなかった。抗ってみてもいいはずだ。

「もっと生きたいと思ってまいそうやもん、死なあかんのに」

海ばかり見つめていて気づかなかった。椎子の目から星が落ちるように涙が伝っていた。目が合うと彼女はスッとこちらに近づき、唇を寄せる。温かい花束の香りが重なる。きっともうすぐ夜が終わる。明けてしまうのが惜しい夜のことを、可惜夜《あたらよ》と呼ぶ。

「私はあなたが呼吸をしている限り不安よ。不安で不安で夜も寝つけない。あなたが死んでくれたら、きっと私、安心すると思う。これ以上あなたがどこにも行かないし、誰といるかも心配しなくていい。私とあなたはずっと一緒にいられる。あなたを嫌いになろうとか、あなたのことを忘れようとか、そんなしたくもない努力をしなくて済むの。私を幸せにしたいって言ってくれたこと、ずっと忘れずに生きていきたい」

白んできた空にため息を吐く。

「俺は君に恋しないことができない。どう人生を辿ってもどれだけ綿密に計画を組んでも、君に会ってしまえば終わりだ」

学校はしばらく休職していたが、復帰できる目処も立たないので年度末をもって退職することにした。教え子たちの卒業していく姿を見送ることができないのが心苦しい。これからの未来を作る彼らの背中を見つめていたかった。しかしもう、何も彼らに言ってやれることなどない。それが悔しくてたまらない。

しばらくの間、椎子は俺の落ちぶれた生活を支えてくれるようになった。家の中にあった妻子の影が見えるものはすべて捨てられた。

「まだ好きなの？　浮気？」

そう尋ねられる度、きりきりと胸が痛む。トイレに籠って深呼吸をした。冷静に考えれば一番か二番を争うくらいに深呼吸をしたくない場所なはずなのに。眉間に突きつけられた銃口から逃れる術が浮かばない。

「生きてるのは私なの。これから大切にできる人のために生きるか、幽霊においでおいでってされながら生きるか、今選んで。お願いだからいつまでも死んだ人に執着していないで。『俺だけ生きていていいのかな』なんてあなたに思ってほしくないの。私は生きてるから、これからふみくんのことを大切にできる。愛して愛して愛し尽くしてあげられる」

それだけはどうか、と懇願してみたものの、妻と子の写真も燃やされてしまった。火葬場で立ち上る白い煙

を見たときよりもずっと痛みを覚えた。一度逆らってみたものの、

「私のことが嫌いで嫌いでしょうがないのに、私が情けなくて可哀想だから一緒にいてあげているのか、私のことが好きなのにいちいち死んだ奥さんのことを言ってくるのかだったらどっち？　後者だったらあなた、生きてる目の前の私を蔑ろにするどうしようもない人間ってことになるけど。どう？」

と、どちらを選ぼうとも、自己嫌悪に陥るような選択肢しか与えられなかった。きっと彼女は、生きている彼女だけを見つめさせることで、生きる希望を見出してほしいのだろう。やり方が下手なのも、もはや愛らしかった。


社会との繋がりを断絶し、家から出ない生活にも慣れた。ベランダにやってくる鳩の方がよっぽどよく喋る。深く掘られた井戸の中で、上から落とされる食料を待つだけの生活を送っている気分だ。

椎子の来訪を家で待っていると、椎子と一緒にひとりの生徒が家を訪ねてきた。

夏夜という小柄で華奢な子で、よく懐いてくれていた。学校にいる間もよく会話をしたし、近所の中華料理屋で夕飯を共にすることも多かった。彼女はきっと、アタローという元教え子のことを知りたがっている。最初こそこちらに気があるのかと思ってしまっていたのだが、その目に映るのは他の影で、自分に対して特別な感情はないのだと悟るまでは早かった。名前を伏せて椎子のことを話したりもした。自分の好きなところは、弱みを吐き出してもいいと思える人間の選定がうまいところだ。蒔いていた種が花を咲かせ、ふわり春風に舞いこの部屋へと辿り着いた。

三人ですき焼きを食べていると、むず痒いけれど温かさもあった。もうここにはいない人を偲《しの》ぶことは憚られるけれど、温かいご飯を誰かと食べられていることを、真っ先に伝えたい。何度も何度も、あの世へ伝わるようにと心の中で唱えながら箸を進めた。

「私が先生のお世話します。また来ますから」

と夏夜は耳の奥へと、一音一音丁寧に並べるように囁《ささや》いた。

このままではいけないという焦燥と、もうどうにでもなればいいという諦念が、分単位で交錯する夕暮れ時。

世界で二番目に美味しいチャーハンを食べた。

「世界で二番目に美味いかもしれん。ありがとうな」

「一番は？」

「やっぱあの中華屋の大将のチャーハンやな」

「じゃあいいです。二番目でも嬉しいです」

夏夜は料理がうまかった。そういう嗅覚が生まれつき備わっているのだろうか、自宅のキッチンで料理を作り、タッパーに詰めてこの家へと運んでくる。それを紙皿に盛って、食べ終わったら持参したゴミ袋に詰めて持って帰る。伸ばした髪は後ろで括り、家の中でも帽子を取らない。髪の毛を床に落とさないようにしているのだろう。

「気遣わせてすまんな」

「勝手にやってるだけなんで先生こそ気にしないでください。女はね、大切な人のことになると予感とか嗅覚とかが冴えるんです。まばたきの数とか、呼吸の仕方とか、キスの仕方とかでも違和感を覚えます。愛していれば愛しているほど、全部わかってしまって悲しいんです」

だったらきっと彼女たちは、何もかも気づいていたのかもしれない。すべてを知ってなお、愛し続けてくれていたのかもしれない。なんて考え始めると余計辛くなるのでやめた。

今日も夜を越すことができそうだ。

『先生　お久しぶりです。

手紙、ありがとうございました。メールアドレスを聞いておけばよかったです。

相変わらず友達はできていませんが、なんとか単位を取りつつ頑張っています。

いつか先生のような、ゆるいけど芯のある教師になれたらと思ってます。

世界で二番目に美味しいチャーハン、僕も食べたいです。

そっちに帰省するときにでも連れて行ってください。

先生が手紙に書いてくれていた、京都の中華料理屋にも行ってみました。

この人のこと知ってますか？　と尋ねると、店主のおじさん泣いてました。

先生の奥様のお父さんだったんですね。

先生はいろいろなことを言わなすぎます。癖ですか？　癖なら直したほうがいいですよ。

ぜひ先生に写真を渡しておいてくれと言われたので同封します。

先生、大学生の頃かっこいいですね。友達にはなれなさそうです。

教え子として会えてよかったです。ではまた、チャーハン食べにいきましょう。

アタロー』

同封された写真には、大学生の頃の自分と妻が写っていた。呑気にピースをして笑っている。

彼女の両親に撮らせているのに彼女の肩をグイッと手で摑んでいるのには驚いた。彼女を写した写真は、すべて焼け去ったものだと思っていた。

「俺ばっか生きててごめんなあ……ごめん……」

とっくにコップの水は満杯になっていたのだ。溢れ出してからは早かった。気づかないふりをしたまま、ただ呼吸だけをして過ごしていた。

手紙は生きる者が残せる、一番温かい置き土産かもしれない。

今夜もまたやけに月が綺麗で、あの日見た椎子の横顔を思い出す。吸い込まれてしまいそうな丸い目と、なだらかな頬、赤みを帯びた唇。その影はいつの間にか瞼に棲み着いて、忘れようとも忘れさせてくれない。苦しくてしょうがない。

それはきっと椎子も同じで、いやきっとそれ以上の苦しみと虚しさを抱きしめながら、日々を暮らしているのだと思う。これが驕りだろうが、自惚《うぬぼ》れだろうが、誰にも椎子のことなんてわかるわけがない。自分は、椎子の中で永遠になれるだろうか。


『椎子ちゃん、中華料理屋行ってきていい?』

『ひとりで?』

『うん。中華料理屋着いたら写真送る。帰る頃また連絡するわ』

『そう。わかったあ。アイスクリーム買っておいたから賞味期限までには帰ってきてね。ずっと待ってるから』

『ありがとう』


すべてを悟ったような、穏やかな口ぶりだった。些細な表情の変化すら汲み取ってしまう彼女にあからさまな嘘をつくとき、それがふたりの最後だと、きっとお互い気づいていた。

電話を切って、肺一杯にタバコを吸い、椎子への手紙を認める。

半分の月が、藍色を煮詰めたような空の中で光っている。

『椎子ちゃんへ

俺は、君のためにこれから死にます
死ぬことで、君が安心してくれるなら喜んで死にます

嘘です。君のためではありません
少しひやっとしましたか？　……していませんよね
俺は君のそういうところが好きでした
強がりも見栄っ張りも見透かしたまま
ずっと愛してくれているところが好きでした

「別れたときに辛いから」って理由で
写真は一枚も撮りませんでしたね
君がたまに見せる変な顔が大好きでした
叶うならあの顔、もう一度見たかった

君があの日、俺の前からいなくなってから
君のことを嫌いになれるよう頑張ってみました
君が好んで買っていたグミを食べました
一口でお腹一杯になる甘さでした
「明日になれば大丈夫、辛いのは今日だけ」
そう言い聞かせながら、君のいない日常に溶け込もうと生きてみましたが
今日に至るまで、それは何より難しいことでした

俺も君に、昨日見た夢の話をしたいです
スーパーで白菜が安かった、夕方の空が紫色だった
明日は朝から冷えるらしい、洗濯機の調子がおかしい
そんな話を真っ先にしたいと思うのは椎子ちゃんです

いつも温かいご飯をありがとう
隣で眠ってくれてありがとう
あのとき、生きていてくれてありがとう

これからはどうか君の人生を生きてください
俺に救われた命としてじゃなく
君の思うように生きてほしいのです
最後まで勝手でごめんなさい

君にこれ以上失望されたくない
欲張りだけど、俺は君の中で永遠になりたい
あわよくば、君に見上げてもらえる月になりたい
椎子ちゃんに愛してもらえた人生を送れて幸せでした

ずっと、お元気で

追伸
五味熱郎と、大葉夏夜という教え子が
俺のことを最後まで慕ってくれていました
ふたりとも、優しくて不器用な子です
いつかもし、椎子ちゃんの気が向いたら
彼らに温かいご飯をご馳走してあげてください』

——


「きゃあああああああ」

同じホームの背中側で叫び声が聞こえました。ひとりの女性が勢いよく電車の扉から出てくるのが見えます。取り囲む人々はざわざわとしていますが、彼女を見つめているだけです。

私の体は反射的に人を掻き分け、彼女の元へ駆けつけていました。

「蟬……蟬が……」

彼女が着ているブラウスの裾に必死にしがみついている蟬がいました。のそのそと彼女の胸を目掛け登っているように見えました。

少し気持ち悪いけれど、カマキリほどではありません。こいつらは七日そこらしか生きられません。そっと蟬をブラウスから引き剝がし空へと投げます。その瞬間、蟬は美しい放物線を描き、おしっこを私の服へとかけ飛び去っていったのです。茜色の夕陽に照らされて降ってくるそれは、やけに神々しく見えました。

私たちふたりを見ていた周りの人たちが後退《あとずさ》りするのを感じました。女性はあかべこのように何度も私に謝ります。

「ごめんなさい！　私のせいで……ごめんなさい……」

安堵と申し訳なさから彼女は泣き出してしまいました。私は丸まってしまった彼女の背中をゆっくりとさすります。

「本当にごめんなさい。私どうすればいいですか……」

「どうもしなくていいです。お姉さんにおしっこかからなくてよかったです。それに、蟬のおしっこってほとんど樹液なので。思ってるほど汚くないです」

なぜ私はべらべらと蟬のおしっこの知識を話しているのでしょう。これは先生に貰った知識です。彼女も呆気に取られたまま口を開けて涙を垂らしています。

「夏夜ちゃん大丈夫だった？　これ、ティッシュ」

蟬がくっついていた彼女よりも先に私を気にかけてくれるところが、アタローさんの愛おしいところです。この人を好きで良かったと思えるところです。ぼさぼさに伸びた髪のせいで、最近ますます先生のような見た目になっています。

「クリーニング代だけでもお支払いさせてください……じゃないと私、申し訳なくて……あ、電車来ちゃう。ごめんなさい本当に。ああ……」

彼女はもう、何に泣いているのかすらわかっていないのでしょう。その気持ちも痛いほどよくわかります。あの頃の私を重ねてしまいます。

——大丈夫よ。大丈夫だから。大丈夫になる日が来るから。

私は私に向かって伝えてあげたかったのだと思います。長い西陽が差しこむ四番ホームに、彼女を運ぶ電車が速度を緩めてやってきました。

「いいから、気にしないで！　乗って！」

「お名前だけ、覚えておきたいので教えてください」

どうか彼女のこれからが、温かい日々でありますように。


「五味夏夜！」


「あの子、声聞こえたかな……」

「聞こえたんじゃない？　早くチャーハン食べ行こ」

「電車逃しちゃいましたね。椎子さんに遅れるって連絡しときます」

「先生の写真こんなんしかなかったけど、大丈夫かな？」

「どんな写真でも先生はそんなんですよ」

「じゃあいいか。今日って椎子さんの奢りかな？　餃子とかビールとかもいけると思う？」

「……だとは思いますけど、卑しい顔バレないようにしてくださいね」

「嘘下手だからな」

「隠すんです。上手に」

表紙イラスト　NAKAKI PANTZ
装丁・デザイン　福本香織
編集　小寺智子

MIYAMU

熊本県出身。
著作に『ホワイトカメリア』、『曖昧ベッドルーム』。
執筆業の他に、フレグランスブランドWAKAのプロデュースを務める。
また、占い師としての顔も持ち、NET ViViにて週刊、月刊連載中。

愛《あい》、執着《しゅうちゃく》、人《ひと》が死《し》ぬ

2023年11月22日　第1刷発行

著者　MIYAMU《ミヤム》

発行者　清田則子
発行所　株式会社講談社
〒112-8001　東京都文京区音羽2-12-21
TEL　編集　03-5395-3454
販売　03-5395-3606
業務　03-5395-3615
印刷所　TOPPAN株式会社
製本所　大口製本印刷株式会社

KODANSHA

落丁本、乱丁本は購入書店名を明記の上、小社業務宛にお送りください。

送料小社負担にてお取り替えいたします。

なお、本書の内容についてのお問い合わせはアーティスト企画チーム宛にお願いいたします。

定価はカバーに表示してあります。

本書のコピー、スキャン、デジタル化等の無断複製は著作権法上での例外を除き禁じられています。

本書を代行業者等の第三者に依頼してスキャンやデジタル化することはたとえ個人や家庭内の利用でも著作権法違反です。

©MIYAMU 2023 Printed in Japan
ISBN 978-4-06-534129-2